KB265334

열일곱 살 아빠

SEOUL, 2008

열일곱 살 아빠

초판 제1쇄 발행일 2008년 12월 1일
초판 제7쇄 발행일 2014년 12월 30일
지은이 마거릿 비처드 옮긴이 햇살과나무꾼
발행인 이원주 발행처 (주)시공사
주소 서울시 서초구 사임당로 82
전화 영업 2046-2800 편집 2046-2821~4
인터넷 홈페이지 www.sigongsa.com

ISBN 978-89-527-5363-2 43840
ISBN 978-89-527-5572-8 (세트)

*홈페이지 회원으로 가입하시면 다양한 혜택이 주어집니다.
*잘못 만들어진 책은 구입하신 서점에서 바꾸어 드립니다.

열일곱 살 아빠

★ 마거릿 비처드 지음
햇살과나무꾼 옮김

시공사

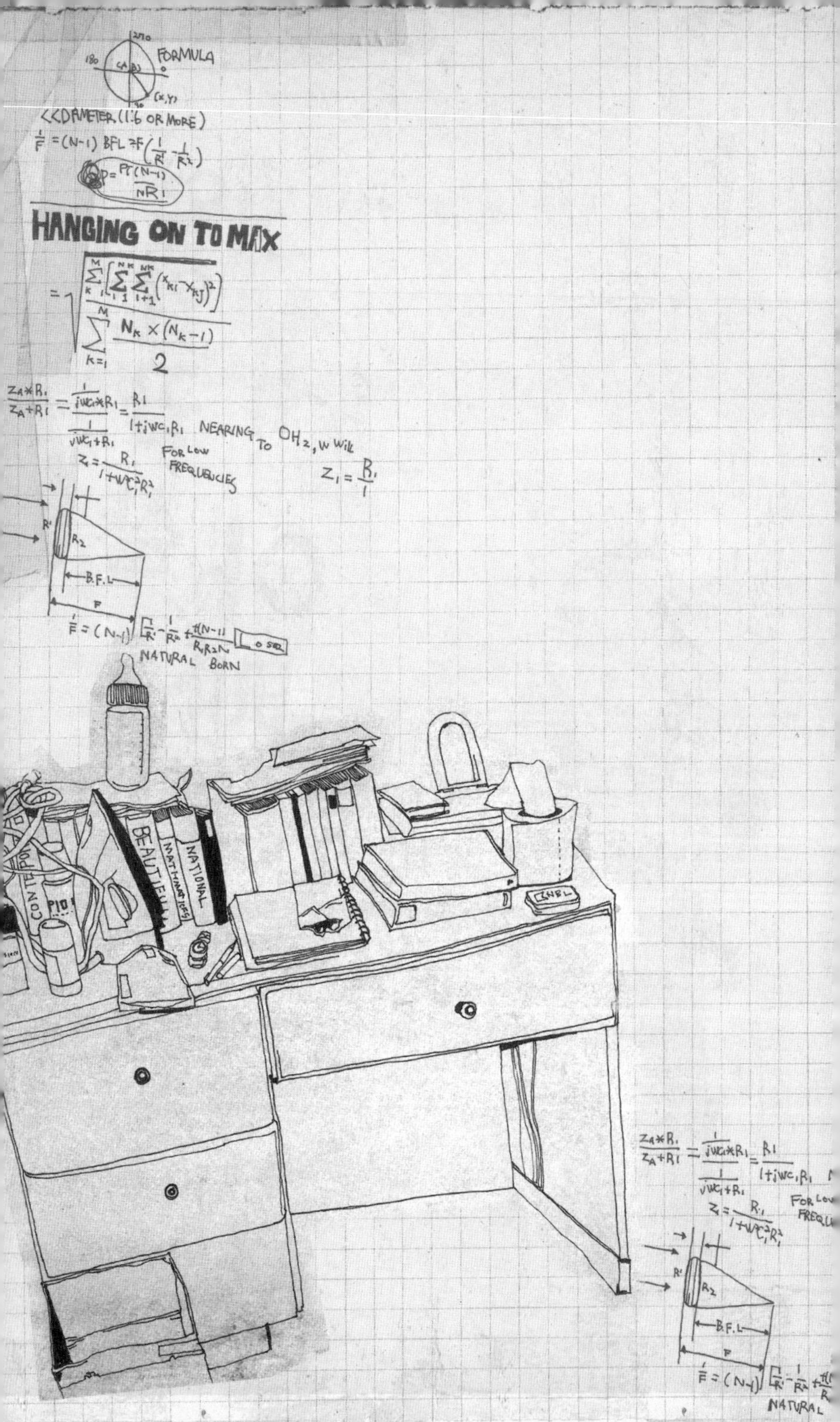

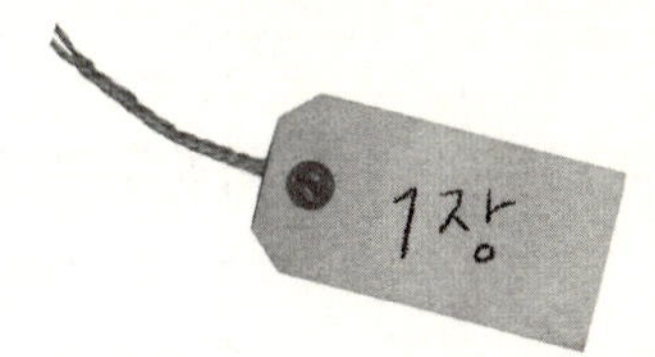

주위가 너무 조용해서 잠이 깼다. 천천히 눈을 떠 보니 모두가 나를 쳐다보고 있었다. 예의 측은한 웃음을 머금은 가르시아 선생님. 원숭이처럼 히죽거리는 아이들. 교실은 온통 어두컴컴했지만, 슬라이드 영사기에서는 밝은 불빛이 흘러나오고 있었다.

"한숨 푹 잤어, 샘?"

가르시아 선생님이 묻자 와 하는 웃음이 터져 나왔다. 하아. 좋은 분이다, 가르시아 선생님은. 하지만 대체 어떤 선생님이 제정신으로 오후 1시 반에 불을 끄고 슬라이드를 보여 준단 말인가?

나는 몸을 추스르고 똑바로 앉았다.

"죄송합니다."

그러고는 정신을 차리려고 머리를 흔들었다.

"이 사진이 뭔지 알겠니, 샘?"

나는 실눈을 뜨고 화면을 쳐다보았다.

"목성?"

아이들이 박수를 쳤다. 뒤에 앉은 누군가가 휘파람을 불었다. 나는 눈을 비볐다. 막 잠에 빠질 때는 과자를 만드는 여자 사진이었는데. 가르시아 선생님이 학생들의 의욕을 불러일으키려고 만든 슬라이드 쇼, '우리는 왜 수학을 배워야 하나'였다.

가르시아 선생님이 말했다.

"그래. 1995년에 항공 우주국이 갈릴레오 탐사선을 띄워 목성 대기 속으로 탐사기를 보냈단다."

슬라이드 영사기가 찰칵 돌아가며 탐사기 사진으로 바뀌었다.

"엄청 큰 젖꼭지 같다."

한 아이가 말하자 가르시아 선생님이 한숨을 쉬었다.

"그래. 탐사기는 57.6분 동안 자료를 보낸 뒤, 목성의 어마어마한 대기압에 눌려 으스러졌지."

내 옆에 앉은 여자애가 말했다.

"가엾은 탐사기."

뒤에서 누군가가 말했다.

"시시하구먼."

나는 머릿속으로 탐사기가 분석하고 계산하면서 점점 목성의 무게에 짓눌리는 광경을 떠올렸다.

선생님이 물었다.

"자, 그럼 항공 우주국의 과학자들이 이 탐사기를 설계할 때 수학이 쓰였을까? 또 탐사기랑 통신할 때는?"

뒤에 앉은 아이가 말했다.

"난 차라리 엄청 큰 젖꼭지나 만들겠다."

선생님은 한숨을 쉬었다. 다음 사진은 볼보 자동차였다.

"이제 지구로 돌아가자. 안전 공학자들은……."

나는 다시 책상에 엎드려 눈을 감았다.

이내 종소리에 잠이 깼다. 아이들이 책이며 시험지를 획획 집어서 가방에 쑤셔 넣고 있었다. 다들 한꺼번에 떠들어 댔다. 교실 앞에서 가르시아 선생님이 수업 시작할 때 봤던 시험지를 제출해라 어째라, 다음 수요일까지 뭔가를 해 와야 한다 어쩐다 얘기하고 있었다. 하지만 아무도 듣고 있지 않았다. 아이들이 문간으로 꾸역꾸역 몰려들며 밖으로 나가려고 서로 밀쳐 댔다. 가르시아 선생님이 다시 한 번 "시험지 내라."고 말했다.

뒤에서 늘 땀 냄새와 담배 냄새를 희미하게 풍기던 아이가 내 등을 철썩 때렸다.

"야, 그래도 침은 안 흘리더라."

"그래, 고맙다."

나는 시험지를 내려다보았다. 다 푸는 데 10분도 안 걸렸다. 답을 세 번이나 확인한 시간까지 포함해서였다. 나는 천천히 자리에서 일어나 가방을 둘러멨다.

선생님 책상에 시험지를 놓고 가려는데, 가르시아 선생님의 손이 뱀처럼 휘익 튀어나와 내 손목을 덥석 잡았다.

"샘, 잠깐 선생님 좀 볼까?"

나는 시계를 힐끗 쳐다보았다.

"2시 반인데요."

"조금 늦어도 괜찮을 거야."

나는 한숨을 푹 쉬고 밀려 나가는 아이들 틈바구니에서 빠져나왔다. 잘한다, 샘. 이제 겨우 9월 둘째 주인데 벌써부터 선생님 신경을 긁었구나. 벌써 망치게 생겼어. 그때 한 아이가 멈춰 서서 자기가 왜 처음 세 문제밖에 못 풀었는지 설명했다. 그다음에는 마셀라가 앞으로 2주 동안 멕시코에 가는데 그러면 무엇을 빼먹게 되는지 가르쳐 달라며 주절주절 얘기를 늘어놓았다. 나는 발을 질질 끌며 어슬렁거리다가 쓰레기통을 퉁 차서 내가 아직 여기 있다고 알렸지만, 아무도 신경 쓰지 않았다.

마침내 아이들이 모두 떠났다. 가르시아 선생님이 손가락으로 머리를 빗었다. 선생님은 머리가 몹시 지끈거리는 듯 얼굴이 딱딱하게 굳어 있었다.

나는 시계를 가리켰다.

"정말 가 봐야 돼요, 선생님. 잠들어 버려서 죄송해요. 그게…… 어젯밤에 잠을 좀 설쳐서요. 그래서……"

선생님이 손을 내저었다.

"안다, 알아. 다들 어젯밤에 잠을 설쳤더구나."

그러고는 내 쪽으로 고개를 기울였다.

"진짜 문제는 말이야, 샘, 네가 이 수업에 맞지 않는다는 거야."

나는 숨을 크게 쉬었다.

"하지만 제 시간표에 맞는 수학 수업은 여기뿐인걸요. 벌써 다 찾아봤어요. 해리먼 선생님이랑 같이요."

게다가 나는 이 수업이 마음에 들었다. 나는 쉬운 수업을 들어야 한다. 나는 다시 천천히, 더 크게 숨을 쉬었다. 당황하지 마, 샘. 정신 바짝 차려.

"저는 학점을 따야 돼요. 올해 꼭 졸업해야 된다고요."

가르시아 선생님은 비스듬히 고개를 기울이고 나를 올려다보았다.

"샘, 어제 라이트 선생님이랑 얘기를 했단다. 윌러멧뷰에서 너네 수학 선생님이었지?"

나는 고개를 끄덕였다. 라이트 선생님. 괜찮은 분이었다. 앤디는 라이트(Wright) 선생님을 '롱(Wrong) 선생님'이라고 불렀는데(Wright는 '옳다'는 뜻의 'right'와 발음이 같기 때문에 '틀리다'는 뜻의 'wrong'으로 농담한 것:옮긴이), 실없는 농담이었지만 앤디가 말했기 때문에 나는 항상 웃어 주었다.

"라이트 선생님이 다른 교과서를 빌려 주셨어. 컴퓨터 프로그램도 들어 있단다. 이걸로 공부하면 네 진도에 맞겠지."

웃음이 나왔다. 내 진도라고? 내 진도는 완전 정지 상태다.

"선생님, 알다시피 저는 중간에 라이트 선생님 반을 그만뒀어요."

"하지만 라이트 선생님은 네가 개념을 다 잘 이해했다고 하시던데. 아주 잘 이해했다고 말이야."

선생님은 교실 구석에 있는 아이맥 컴퓨터를 가리켰다.

"저걸 쓰면 돼. 학교에서는 컴퓨터로 공부하고, 교과서는 집에서 보렴."

선생님은 간신히 책을 들어 올렸다. 족히 2킬로그램은 넘어 보였다.

"사실상 기초 미적분학에 들어가는 거지."

선생님은 내가 마구 감동하기를 바라는 눈치였다.

내가 말했다.

"하지만……."

"하다가 막히면 선생님이 도와줄게. 이래 봬도 수학 전공이었잖니."

선생님이 철 안경테 너머로 눈을 크게 뜨며 싱긋 웃었다.

"힘들겠지, 샘. 하지만 무작정 안 된다고만 하지 마. 적어도 생각은 해 봐야지.”

좀 더 싱긋 웃자 선생님 얼굴이 몹시 측은해 보였다. 수학을 전공한 가르시아 선생님이, 대안 학교에서 돌머리들한테 수학을 가르치고 있다니.

“도저히 널 내버려 둘 수 없어, 샘. 선생님은 네가 더 어려운 걸 배우면 좀 덜 자지 않을까 싶어.”

나는 잠이 필요한데. 나는 다시 후우 숨을 쉬었다. 선생님이 기쁘다면, 내가 선생님 반에 남아 있을 수 있다면, 예정대로 졸업할 수 있다면, 무엇이든 못하랴.

“네, 알겠어요. 한번 해 볼게요.”

나는 책을 집어 들었다. 정말로 2킬로그램은 되는 것 같았다. 선생님이 고개를 까딱했다.

“그래. 잘 생각했다, 샘. 후회하지 않을 거야.”

나는 사물함까지 가는 데 5분이나 걸렸다. 복도에는 웃고 고함치고 빈둥거리는 아이들이 빽빽이 들어차 있었다. 전형적인 방과 후의 도취 상태.

나는 사물함 문을 휙 열어젖혔다. 메스꺼운 냄새가 났다. 운동할 때 신은 양말인가? 샌드위치가 상했나? 하지만 그 냄새의 정체가 무엇인지 알아낼 시간도 없었다. 나는 부리나케 국어책과 정치 수업 과제물 더미를 집어 가방에 몽땅 쑤셔 넣고 사물함 문을 쾅 닫았다.

잠시 후 어린이집 문을 벌컥 열고 들어가자 컴퓨터 모니터를 보고 있던 사무원 아주머니가 고개를 들었다.

"우린 또 안 오는 줄 알았네."

말은 그렇게 했지만 아주머니는 빙그레 웃고 있었다. 어린이집 사람들은 늘 나한테 웃어 주었다. 언제나.

"가르시아 선생님이랑 얘기 좀 하느라고요."

나는 기어 다니는 아기들이 있는 엉금엉금반 문을 어깨로 밀고 들어갔다.

맥퍼슨 선생님이 나를 보고 말했다.

"왔네! 아빠 왔다."

맥스는 선생님한테 안긴 채 내 쪽으로 몸을 기울이며 손을 뻗었는데, 울어서 얼굴이 퉁퉁 붓고 벌게져 있었다.

나는 맥스를 받아 안았다.

"인마, 괜찮아."

맥스는 요란스레 딸꾹질을 하며 내 목에 팔을 두르고는, 내 목덜미에 있는 기다란 머리카락을 손가락으로 감아쥐었다. 나는 맥스를 가만히 토닥여 주었다.

"집에 가자."

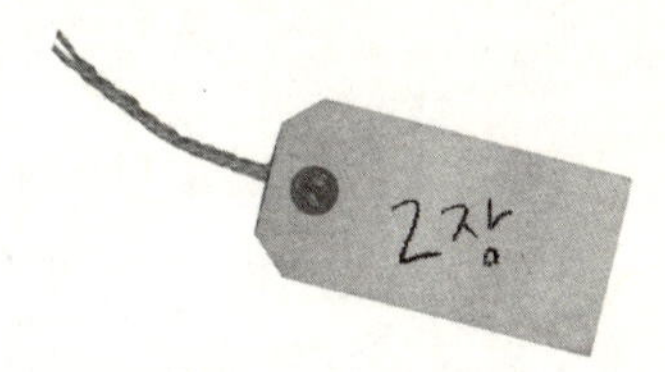

집에 거의 가서야 기저귀가 다 떨어졌다는 사실이 생각났다. 할 수 없이 바버 가에 있는 세이프웨이 마트까지 되돌아가야 했다. 맥스는 아기용 안전 의자에 앉아 곤히 잠들어 있었다. 녀석을 그냥 두고 가면 훨씬 편하겠지만, 그럴 수는 없었다.

맥스는 내가 안아 올리자마자 잠이 깼다. 나는 맥스가 또다시 울음을 터뜨릴까 봐 숨을 죽였다. 맥스가 어떻게 나올지 아무도 모른다. 하지만 맥스는 나를 보며 해죽 웃었고, 쇼핑 카트 의자에 앉혀 놓자 까까 하고 괴상한 소리를 냈다. 맥스는 마트에만 오면 좋아서 어쩔 줄을 모른다.

나는 마트가 싫다. 사람들이 우리를 쳐다보는 눈길이 싫다.

나는 곧장 아기 용품 코너로 가서 큼지막한 기저귀 한 묶음을 집어 들었다. 물휴지도 몇 개. 이것도 다 떨어진 것 같았다. 미리 살 것들을 적어 왔어야 했는데. 멍청하기는, 샘. 만약을 대비해 분유도 한 통 던져 넣었다. 그러면서 머릿속으로 계산기를 두드렸다. 내 차에 기름도 넣어야 하는데 일요일에 아빠한테서 받은 돈은 25달러밖에 남아 있지 않았다.

아기 용품 코너를 나오니 마사 베넷의 엄마가 야채 코너에서 나오고 있었다. 나는 믿을 수 없었다. 집에서 멀기 때문에 굳이 이 마트로 왔는데. 나는 쇼핑 카트를 급하게 멈춰 세웠다. 마사와 나는 초등학교 때 줄곧 같은 실내 축구팀에 있었다. 나는 마사네 엄마하고는 얘기를 나누고 싶지 않다. 마사네 엄마가 나를 어떻게 볼지 알고 있으니까. 그 아주머니가 어떤 식으로 말할지 뻔히 알고 있으니까. 어머, 샘이구나. 잘 지내니, 샘? 어쩌고저쩌고하면서.

옆 통로로 휙 들어가자 맥스가 쇼핑 카트 손잡이를 붙잡고 까르르 웃었다. 나는 "쉬, 쉬." 하고 속삭였다. 맥스와 나는 과자 진열대 앞에 있었다. 나는 혹시라도 마사네 엄마가 그쪽으로 올까 봐 치즈 과자 한 봉지를 집어 들고 뒷면을 읽는 척했다.

치즈 과자. 나는 과자 봉지를 돌려 보았다. 앤디와 나는 이런 과자들로 끼니를 때우며 앤디네 집에서 주말을 보내곤 했다. 초등학생, 중학생 때는 거의 매주 금요일 밤을 앤디네 집에서 지내다시피 했다.

맥스가 쇼핑 카트 밖으로 몸을 내밀다가 소스 진열대에 걸리는 바람에 판지로 된 진열대가 질질 끌려오려고 했다.

나는 소스 깡통들이 바닥으로 와르르 쏟아지기 전에 아슬아슬하게 진열대를 붙잡았다.

“맥스!”

맥스는 “부―부!” 하면서 방실방실 웃었다. 나는 다시 치즈 과자를 선반 위에 던져 넣었다. 그러고는 통로 끝에서 고개를 내밀고 두리번거렸다. 마사네 엄마가 보이지 않자, 나는 소량 계산대로 쌩 달려갔다.

계산대 점원이 맥스를 보고 생긋 웃었다.

“착하기도 해라.”

맥스가 쇼핑 카트 밖으로 몸을 내밀더니 침으로 커다란 풍선을 푸우 불었다.

점원이 손을 뻗어 맥스의 볼을 꼬집었다.

“아유, 귀여워라.”

그러고는 나를 쳐다보았다.

“동생이니?”

나는 고개를 끄덕였다.

“엄마를 거들어 드리는구나?”

나는 다시 고개를 끄덕였다.

“그렇구나.”

점원이 다시 맥스를 꼬집자 맥스가 꺄아 소리쳤다.

“어머니가 너희 둘을 무척 자랑스러워하겠다.”

집에 돌아오자 나는 맥스한테 우유병이랑 과자 몇 개를 쥐여서 아기 식탁 의자에 앉혀 둘까 생각했다. 아니면 아예 침대에 눕혀 두든가. 잠시 다른 일을 할 동안에만. 할 일이 산더미였다. 하지만 맥스랑 놀아 주는 것도 내가 해야 할 일 가운데 하나였다. 내 방 벽에 붙여 놓은 목록에도 그렇게 적혀 있었다.

나는 맥스를 거실로 데리고 가서 마룻바닥에 앉혀 놓았다. 그러고는 시디플레이어에 메탈리카(세계적으로 유명한 미국의 헤비메탈 밴드:옮긴이) 시디를 넣었다. 명작이지. 육아책에서 음악이 아기의 두뇌 발달에 좋다고 했다.

맥스랑 같이 거실을 기어 다니며 아기 잡기 놀이를 하자, 맥스가 소리를 지르며 까르르 웃어 댔다. 맥스가 이렇게 미친 듯이 기뻐하니 나도 기분이 아주 좋았다. 우리는 잠시 소파 옆에 앉아서 숨을 헐떡이며 싱글벙글 웃었다.

"야, 또 할까?"

내가 묻자 맥스는 나를 보고 눈을 깜빡이더니, 가끔씩 짓는 그 표정을 지었다. 내가 뭘 모른다는 듯한 표정. 그러고는 갑자기 탁자 밑으로 엉금엉금 기어가서 발랑 드러눕더니 10초 만에 곯아떨어졌다.

나는 가만히 앉아 이게 꿈인지 생시인지, 맥스가 도로 벌떡 일어나지는 않는지 살펴보았다. 하지만 맥스는 세상모르고 자고 있었다. 나는 "됐어!" 하고 나지막이 속삭였다. 그러고는 시디를 끄고 맥스 옆에 드러누워 같이 잠이 들었다.

5시 반에 아빠가 부엌 문으로 들어와 나를 깨웠다. 나는 '젠장, 맥스가 어디 갔지?' 하는 생각부터 들었다. 누가 꼭 집어서 말한 적은 없지만, 이렇게 잠들어 버리는 것도 바람직한 일은 아닐 것이다. 다행히 맥스는 여전히 탁자 밑에 곤히 잠들어 있었다.

아빠가 문간에서 우리를 물끄러미 바라보고 서 있었다.

나는 조용히 말했다.

"오셨어요?"

"중국 음식 사 왔다. 맥스 녀석 깨기 전에 얼른 먹자."

나는 후닥닥 일어섰다.

"그거 좋죠."

정말로 그랬다. 말만 들어도 좋았다. 11시 반에 학교 식당에서 끈적끈적한 마카로니를 먹고 난 뒤로 여태껏 아무것도 먹지 못했다.

나는 접시에 볶음국수와 새우튀김, 닭볶음을 듬뿍 담았다. 아빠는 늘 하던 대로 한 번에 한 가지씩 먹었다. 처음에는 새우, 그다음에는 닭고기. 심지어 아빠는 밥도 맨 마지막에 따로 먹었다. 이내 아빠가 음식을 다 먹고 나서 빈 접시 위에 포크를 내려놓았다.

"진 고모한테 전화 왔어?"

나는 마지막 면발을 긁어 먹고 있었다.

“아직요.”

엄마도 죽고 아빠랑 나랑 둘이서만 살기 때문에 어쩌면 내가 양육권을 얻지 못할 수도 있겠다 싶었을 때, 진 고모가 나섰다. 고모가 우리 집에서 같이 살겠노라고. 그리고 실제로 그렇게 했다. 고모는 12월에 와서 1월, 2월, 3월까지 함께 살았다. 그때는 정말 좋았다. 맥스는 너무나 작은, 꼼지락거리는 아기였다. 나는 뭘 어떻게 해야 할지 하나도 몰랐다. 고모는 모든 것을 다 알고 있었다. 기저귀 가는 법이며 분유 타는 법, 아기 재우는 법까지 모두 다. 그러던 어느 날 고모가 충격적인 말을 했다. 이제 내가 요령을 익힌 것 같으니 고모부를 돌봐 주러 돌아가야겠다고. 그 말은 아빠와 나 모두에게 충격이었다.

“오늘 밤에 전화하겠죠. 수요일에 늘 전화하잖아요.”

나는 남은 밥을 닭볶음에 털어 넣고 비볐다.

아빠가 고개를 끄덕였다. 그러고는 내가 마지막 밥알을 먹어 치울 때까지 기다렸다가 빈 그릇을 가져갔다. 나는 의자에 몸을 축 기댔다. 맥스를 깨워야 했다. 지금 이렇게 낮잠을 자면 밤에 안 잘 게 뻔했다. 하지만 몸이 말을 듣지 않았다.

아빠가 쓰레기통에 상자들을 던져 넣었다. 그러고는 개수대로 가서 물을 한 잔 가득 따라 마셨다.

내가 물었다.

“저, 일은 어땠어요?”

아빠가 잔을 내려놓았다.

“괜찮았어.”

나는 고개를 끄덕였다.

“지금도 투알라틴에 있는 그 건물에 전선 깔고 있어요?”

“그래. 학교는 잘 다녀왔어?”

“네.”

아빠는 고개를 끄덕였다. 그러고는 턱짓으로 거실 쪽을 가
리켰다.

“맥스는?”

“잘 지냈어요.”

아빠가 다시 고개를 끄덕였다. 그러고는 전자레인지 위에
놓인 시계를 흘끗 쳐다보았다.

“스포츠 뉴스 할 시간이네.”

아빠가 나를 돌아보았다.

“뭐 필요한 거……”

아빠는 뭔가 눈에 띌지도 모른다는 듯이 부엌을 둘러보았다.

“뭐 필요한 거 없어?”

나는 얼굴을 찡그렸다. 한순간 이것저것 필요한 것들이 와
르르 떠올랐다. 하지만 나는 그냥 활짝 웃었다.

“없어요. 제가 알아서 할게요.”

아빠가 고개를 끄덕였다.

"그럼 됐다."

아빠는 부엌에서 나갔다. 잠시 뒤, 아빠 방에서 팟 하고 텔레비전이 켜지는 소리가 들렸다.

나는 기름과 간장으로 번들거리는 접시들을 물끄러미 바라보았다. 목록에 추가할 것이 생겼다. 절대, 무슨 일이 있어도, 맥스한테 내가 돌이킬 수 없을 만큼 크게 실망했다는 느낌을 주지 말 것. 그러고 나서 문득 17년 뒤의 맥스를 떠올려 보았다. 맥스와 나 자신을. 나는 고개를 저었다. 17분 뒤의 맥스조차 그려지지 않았다.

나는 의자에서 몸을 일으켰다. 내일 쓸 젖병들을 씻어 놓아야 한다. 방금 아빠와 내가 쓴 접시와 포크도 씻어야 한다. 빨래도 해야 하고. 맥스한테 입힐 옷이 또 떨어졌다.

숙제도 있다. 산더미같이.

마지막 젖병을 헹구고 있는데 전화벨이 울렸다.

"여보세요?"

"아, 샘."

상대방은 한동안 말이 없다가 이윽고 "나야, 앤디. 앤디 페더슨." 하고 덧붙였다.

"앤디? 앤디! 나…… 야아, 이 자식."

나는 하마터면 '나 오늘 네 생각을 했어.' 하고 말할 뻔했

다. 하마터면 녀석에게 치즈 과자 얘기를 꺼낼 뻔했다. 바보
같은 소리를 할 뻔한 것이다.

"어떻게 지내?"

"응…… 잘 지내지, 인마. 야, 있잖아. 내가……."

앤디가 말을 멈추자 전화기 앞에 앉아서 다리를 까딱대는
녀석의 모습이 눈에 선했다. 앤디는 언제나 기운이 펄펄 넘
쳤다.

"있잖아, 너도 알겠지만, 내가 학교 대표팀에 뽑혔잖아."

나는 모르고 있었다.

"진짜? 제법인데!"

"응. 드디어. 4학년(4년제 고등학교의 마지막 학년으로 우리
나라의 고3에 해당:옮긴이)에. 딱 좋을 때 됐어."

우리는 둘 다 말이 없었다. 앤디는 우리가 4학년이 되면
어떨까 얘기하던 때를 떠올리고 있으리라. 가엾은 꼬맹이 신
입생이던 우리가 같이 4학년이 되면 얼마나 좋을까, 대학도
같이 간다면 얼마나 좋을까 하고 생각하던 때를. 우리의 추
억이 전화선을 꽉 틀어막고 있는 것 같았다.

그러다 문득 나는 살짝 기분이 상했다. 앤디는 무려 여섯
달이나 전화를 하지 않았다. 우리 집에 한 번 오기는 했지만
그때는 난리도 아니었다. 맥스가 아팠기 때문이다. 그런데
녀석은 이제 와서 자기한테 좋은 소식이 있다며 전화를 건

것이다.

"학교 대표라."

"실은 말이지, 우리가 홈경기를 치르거든? 이번 금요일에. 그래서 혹시…… 음…… 볼 만할 거야. 그러니까, 있잖아, 아기도 데려올 수 있거든."

거실에서 맥스가 꿍얼거렸다. 잠이 깬 것이다. 맥스는 잠에서 깨어나 기저귀를 적시는 중이었다.

"야, 앤디. 짜식. 전화해 줘서 고맙다."

"올 수 있겠냐? 경기 보러?"

"생각해 볼게. 이번 금요일이랬지."

꿍얼대던 맥스가 칭얼대기 시작했다.

"샘, 그런데……."

나는 앤디가 말을 마치기도 전에 전화를 끊었다.

사람들이 십대 남자애들을 보고 뭐라고 하는지 안다. 8초에 한 번씩. 우리가 그렇게 자주 섹스를 생각한단다.

하지만 12월의 그날 밤, 나는 섹스를 생각하고 있지 않았다. 적어도 나와 관련된 것으로는 생각하지 않았다.

8시쯤에 앤디한테 전화가 왔다. 나는 거실에 앉아 텔레비전 채널을 돌리고 있었다. 아빠는 포틀랜드 트레일 블레이저스 팀 농구 경기를 보러 가고 집에 없었다.

앤디가 물었다.

"야, 파티 갈래?"

나는 레슬링 채널로 돌렸다가 다시 MTV로 돌렸다.

"어디서 하는데?"

"멜리사 텔벗네."

내가 끙 소리를 내자 앤디가 그럴 줄 알았다는 듯이 잽싸게 말했다.

"가자, 샘. 할 일 없는 거 다 알아."

"나, 무지하게 바쁜데."

나는 채널을 VH1으로 돌렸다.

"짜식, 텔레비전 앞에 앉아 있으면서, 뭘. 금요일 밤에 네가 뭐 하는지 다 알고 있다니까."

나는 코미디 채널로 돌렸다. 앤디와 나는 고등학교 2학년이었다. 나는 더 이상 앤디네 집에서 금요일 밤을 보내지 않았다. 지난봄에 앤디가 제니와 사귀면서부터다. 그 뒤로 내가 브리타니 에임스를 만난 뒤로는 더더욱 그랬다.

내가 대꾸했다.

"제니 친구들은 밥맛이야."

"아, 뭐."

앤디가 한숨을 쉬었다.

"야, 나 좋으라고 파티에 오라는 게 아냐, 인마. 너 좋으라고 오라는 거지."

나는 피식 웃음을 터뜨렸다. 꼭 진로 탐색 시간에 룻거 선생님이 하는 말 같았다. 4번에서 시트콤을 하고 있었다. 마법 소녀 어쩌고 하는 프로그램이었다.

"너, 언제까지 브리타니 때문에 풀 죽어 있을래?"

"앤디, 입 좀 닥쳐, 응?"

앤디는 2초쯤 입을 다물었다.

"그런데 너네 왜 싸웠더라?"

나는 땀 냄새 제거제 광고와 카우보이 영화를 휙휙 넘기고 요리 프로에서 멈추었다.

"그냥 걔가 먼저 나한테 소리쳤어. 진짜야. 난 아무 짓도 안 했어."

사실이다. 우리는 10월에 사귀기 시작해서 그때 처음으로 싸웠다. 어쩌면 내가 무슨 말을 했는지도 모르겠다. 무슨 짓을 했거나. 아니면 안 했거나?

"너는 얘기해 보려고 했는데?"

"그럼. 당연하지."

이건 거짓말이다.

앤디가 전화기에 대고 푸르르 한숨을 내쉬었다.

"제니는 네가 사과해야 된다던데."

나는 하마터면 리모컨을 떨어뜨릴 뻔했다.

"뭐? 아무 짓도 안 했는데, 내가 왜 사과를 해?"

게다가 브리타니가 나하고 말도 안 하려 하는데.

"알았다, 알았어."

앤디는 다시 조용해졌다. 텔레비전에서 남자가 양파를 볶는 장면이 나오자 나는 새삼 배가 고팠다.

"일주일 됐지, 응?"

"엿새야."

"엿새? 엿새라고!"

앤디의 목소리가 너무 커서 나는 수화기를 멀찌감치 뗐다.

"바로 그거야, 샘. 이제 그만. 이제 신 나게 놀아야 할 때야. 이제는……."

앤디가 나지막이 목소리를 깔았다.

"파티를 즐길 시간이라고."

"멜리사 탤벗네 집에서 말이지. 나 좀 내버려 둬."

나는 다시 마법 소녀로 채널을 돌렸다. 마법 소녀도 꽤 예쁜 편이었다.

"제니가 클레어 베일리도 올 것 같대."

"클레어 베일리?"

나는 애써 누군지 모르겠다는 투로 말했다. 클레어 베일리? 흐음. 잘 모르겠는데.

"클레어 베일리?"

앤디가 똑같은 말투로 따라 했다. 그러고는 낄낄 웃음을 터뜨렸다.

"너도 참 한심하다, 샘 페티그루. 진짜 못 말리겠군. 너 6학년 때부터 걔 좋아했잖아, 인마."

"아, 그래. 그런 것 같다."

8번에서 경찰 드라마를 하고 있었다. 나는 클레어를 별로 좋아하지 않았다. 그저…… 관심이 있었을 뿐이다.

"너랑 제니는 몇 시에 갈 건데?"

"9시쯤."

클레어 베일리. 그 애와 나 사이에는 아무것도 통하는 게 없었다. 브리타니와 나하고는 전혀 달랐다.

"생각해 볼게. 텔레비전에서 아무것도 안 하면."

9시 15분쯤에 멜리사네 집에 가 보니, 앤디와 제니가 보이지 않았다. 나는 이 방 저 방 어슬렁거리며 누가 왔는지 살펴보았다. 클레어 베일리도 없었다.

하지만 브리타니가 있었다. 브리타니는 부엌에서 루트비어(맥주와 비슷하지만 알코올이 없는 탄산음료:옮긴이) 병을 따느라 끙끙대고 있었다. 뚜껑을 돌려서 따는 비싼 종류의 루트비어였다. 브리타니는 그런 병을 절대 못 연다.

나는 브리타니가 자기를 찾아다닌 줄 알까 봐 부엌 문간에 멈춰 섰다. 내가 너무 안달이 나서 시답잖은 파티에까지 쫓아왔다고 생각하게 하기 싫었다. 하지만 브리타니가 나를 본 순간, 브리타니가 어떻게 생각하든 상관없다는 기분이 들었다. 그저 예전처럼 돌아가고 싶었다.

"이리 줘. 내가 할게."

나는 그렇게 말하고 브리타니를 위해 루트비어 병을 따 주었다.

내가 병을 건넨 순간, 우리는 동시에 "미안해." 하고 말했다.

그러고는 둘 다 푸후후 웃음을 터뜨렸다.

나는 기분이 몹시 좋아서, 브리타니가 이제 화를 내지 않는다는 사실이 굉장히 좋아서, 마치 지난 엿새가 아예 없었던 것만 같았다.

내가 말했다.

"나 위저(미국의 록밴드:옮긴이) 시디 샀어. 내가 전에 애기하던 거."

"좋아?"

"응. 진짜 좋아. 안 좋은 노래가 한 곡도 없어. 다 괜찮아."

그 무렵 남자애 둘이 냉장고를 뒤지고 여자애 하나가 구석에서 휴대 전화로 통화를 하고 있었다. 거실에서 왁자지껄한 소리가 터져 나왔다.

브리타니가 조금 더 가까이 다가왔다. 브리타니의 숨결에 루트비어 냄새가 묻어났다.

"너네 집에 가서 들어 봐도 돼?"

나는 "그럼." 하고 대답했다.

우리는 밖으로 나와 내 차에 탔다. 아무도 믿지 않겠지만, 나는 그때 섹스를 생각하지 않았다. 나는 그저 브리타니가 돌아와서 내 차에 앉아 라디오를 만지작거리고 히터를 세게 틀고 하는 게 얼마나 기쁜지 몰랐다. 나는 얼른 앤디한테 말해 주고 싶다는 생각뿐이었다.

집에는 당연히, 아무도 없었다. 지난 두 달 동안 브리타니 집에는 수도 없이 갔지만, 우리 집은 그때가 처음이었다. 브리타니가 거실을 둘러보며 말했다.

“집이 깔끔하다.”

정말로 그랬다. 아빠와 나만 사는데도 늘 집이 깨끗했다. 아빠는 뭐든지 깔끔해야 직성이 풀린다. 문득 아빠랑 내가 자랑스러운 느낌이 들었다.

“시디는 내 방에 있어.”

우리는 방으로 갔다. 나는 시디 생각을, 시디를 어디에 뒀는지를 생각하고 있었다. 아침에 속옷을 치워 뒀는지 어쨌는지도.

내 방도 말끔했다. 속옷도 없고, 시디도 책상 위에 반듯이 놓여 있었다. 브리타니가 침대에 걸터앉자 나는 시디를 틀었다. 그러고는 브리타니 옆에 앉았다. 우리는 한동안 가만히 앉아 음악을 듣고 있었다. 브리타니가 나지막이 노래를 따라 불렀다. 그러다가 내 쪽으로 몸을 돌렸는데, 눈에 눈물이 고여 있었다.

“너무 보고 싶었어.”

브리타니는 그렇게 말하고 내 다리에 손을 얹었다.

“사랑해, 샘.”

나는 숨을 깊이 들이마셨다. 입을 열기가 너무 두려웠다, 무슨 말이든 하나같이 해서는 안 될 말일 테니까. 왜냐하면 그때 나는, 아, 그래, 그때는 섹스를 생각하고 있었으니까. 사실은 마지막 노래가 나올 때부터 섹스를 생각하고 있었다.

나는 가만히 몸을 기울여 브리타니에게 키스했고, 브리타니
도 나에게 키스했다.
　그때부터는 거의 아무 생각도 나지 않는다.

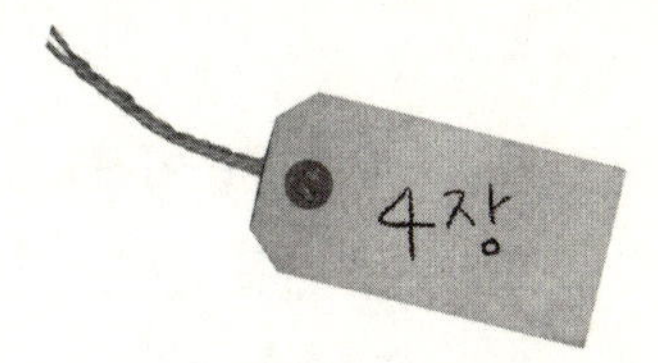

맥스가 또 밤 11시까지 잠들지 않고 있다. 내 책상 위에 있는 목록에는 '9시까지 맥스 재우기' 라고 쓰여 있다. '컵으로 먹이기' 와 '수면 시간표' 바로 밑에. 나는 이제 '수면 시간표' 가 무슨 말인지조차 기억나지 않는다.

그 뒤 두 시간 동안은 부엌에서 국어 숙제에 매달렸다. 겨우 반 문단을 썼다.

맥스는 여느 때처럼 5시 반에 일어났다. 나는 맥스가 있으면 자명종이 필요 없었다.

학교 가는 길에 맥스가 잠이 드는 바람에 나는 맥스가 앉아 있는 안전 의자를 통째로 안고 갔다. 학교 현관에는 금속 탐지기가 설치되어 있었다. 원래는 이 지역 중학교와 고등학교에 번갈아 가며 설치되어 있어야 하는데, 거의 늘 대안 학교에만 있었다.

나는 맥스를 안고 금속 탐지기를 지나갔다. 안전 의자 때문에 삐 소리가 났다. 늘 안전 의자 때문에 삐 소리가 난다. 맥스가 몸을 움찔했지만 깨지는 않았다.

나는 경비원에게 말했다.

"안전 의자 때문이에요."

경비원이 나를 훑어보더니 고개를 저었다.

"확인해 봐야 돼."

그러고는 고갯짓으로 다른 경비원이 앉아 있는 책상을 가리켰다. 제복 때문에 엘머 퍼드(워너브라더스 사의 만화 영화 〈루니툰〉에 나오는 인물로 벅스 버니를 쫓아다니는 사냥꾼:옮긴이)와 똑같아 보이는 그 경비원이 내 책가방과 기저귀 가방을 뒤지기 시작했다. 나는 그 때문에 맥스가 깨지 않길 바라며 말했다.

"안전 의자 때문이라니까요."

경비원은 꿍얼대면서 기저귀와 맥스가 가장 좋아하는 담요와 내 정치 수업 과제물을 꺼냈다. 무슨 생각을 하는지 뻔했다.

'빌어먹을 십대들. 할 일 없이 빈둥거리는 놈팡이들 같으니라고.'

나는 숨을 깊이 들이마셨다.

그때 현관문이 열리고 브리아나가 폭스를 안전 의자째 데리고 들어왔다. 두 살배기 딸 캘리가 브리아나의 바지 자락에 매달려 있었다. 캘리는 바나나를 먹고 있었다.

브리아나가 금속 탐지기를 지나갔다. 삐 소리가 났다. 그 순간 맥스가 놀라서 잠이 깼다. 브리아나가 생긋 웃으며 말했다.

"안전 의자 때문이에요."

그러자 경비원이 대답했다.

"지나가거라."

그러고는 캘리를 내려다보며 빙그레 웃었다.

"바나나 다 먹었네, 아가."

맥스가 울기 시작했다.

엘머 퍼드가 나에게 말했다.

"뒤로 물러서. 휴대용 금속 탐지기로 몸을 조사해 봐야겠다."

나는 가만히 눈을 감고 3의 배수로 1000까지 셌다.

이내 어린이집에 가 보니 크리스티와 메러디스가 구석에서 이야기를 나누고 있었다. 크리스티는 타일러를 안고 있었다. 토나는 흔들의자에 앉아 카일리에게 젖을 먹이고 있었다. 토나가 "샘이랑 맥스." 하고 그 말이 한 단어인 것처럼 말했다.

"맥스 왜 그래?"

"나가고 싶어서."

나는 의자에서 맥스를 풀어 주었다. 맥스가 더 크게 울어 댔다.

메러디스가 말했다.

"배고픈가 보다."

크리스티도 말했다.

"아니면 아프든가. 혹시 중이염 아냐?"

"기저귀 갈아 줘야 할 거야. 확인해 봤어, 샘?"

토나는 나 혼자서는 절대로 그런 생각을 못한다는 듯이 말했다.

맥퍼슨 선생님이 들어왔다.

"왜 그러니, 맥스?"

선생님이 팔을 내밀어 맥스를 받았다. 그러자 맥스가 울음을 뚝 그쳤다. 크리스티와 메러디스가 실실 웃음을 주고받았다.

맥퍼슨 선생님이 나를 보았다.

"샘, 또 왜 그래?"

내가 뭘 해야 하는지 남들이 다 알고 있다는 사실이, 나는 지긋지긋하고 넌덜머리가 났다.

"금속 탐지기에서 또 붙잡혔어요. 브리아나는 그냥 보내 줬는데요."

맥퍼슨 선생님이 한숨을 쉬며 맥스를 토닥거렸다.

"불공평해요."

나는 바보같이 징징 짜는 소리라는 것도, 아빠들은 그렇게 말하지 않는다는 것도 잘 알고 있지만 도저히 참을 수가 없었다.

맥퍼슨 선생님은 나까지 토닥여 주었다.

"선생님이 말해 볼게. 그리고 오늘은 기저귀 교환실에 여벌 기저귀 꼭 놔둬, 응? 어제 깜빡했더라."

니콜과 제마가 자기 아이들을 데리고 들어왔고, 자원봉사자 두 명도 같이 들어왔다.

맥퍼슨 선생님이 말했다.

"자, 어서들 정리해. 수업에 늦을라."

선생님이 맥스를 자원봉사자에게 넘겨주었다. 맥스가 자원봉사자를 보고 해죽 웃었다.

나는 맥스가 쓸 기저귀들을 집어서 이름을 다 붙였는지 확인하고는 기저귀 교환실로 갔다. 엄마가 가 버리자 맥스 또래 아기들은 거의 다 울음을 터뜨렸다. 맥스 녀석은 내가 가는 줄도 모르는 것 같았다.

나는 모퉁이를 돌다가 복도 한가운데 서 있던 어떤 멍청이랑 쾅 부딪혔다.

"야, 앞 좀……."

클레어 베일리였다. 클레어 베일리. 출렁이는 검은 생머리. 커다란 갈색 눈. 턱 밑에 불쑥 나타난 아이. 클레어 베일리.

"샘 페티그루! 너, 여기 다닌다는 말 들었어."

클레어는 갓난아기반의 어린 아기를 안고 있었다.

나는 얼굴이 화끈거렸다.

"어, 그래."

나는 슬쩍 지나쳐 가려고 했다. 클레어는 아마도 봉사 활동을 온 것 같았다. 아니면 학교 과제 같은 거 때문이거나. 뭔가 대학 원서 쓸 때 도움이 되는 걸 하러 왔겠지.

클레어가 아기 얼굴에 덮여 있던 담요를 걷었다.

"에밀리야. 예쁘지 않니?"

에밀리는 너무너무 작은 아기였다. 태어난 지 얼마 되지 않은 것 같았다. 검은 머리카락이 성깃성깃 나 있었는데, 머리털이 없는 곳은 살갗이 빨갛고 군데군데 허연 버짐이 있었다. 코가 납작하고, 입술도 두툼했다. 뺨에는 작고 빨간 뽀루지가 잔뜩 돋아 있었다.

내가 대꾸했다.

"어어, 더 예뻐질 일만 남았네."

클레어는 나를 쳐다보다가 아기를 내려다보고는 다시 나를 쳐다보았다. 그 순간 나는 두 가지를 깨달았다. 이 아기는 클레어의 아이였다. 그리고 클레어는 울고 있었다.

"아니, 더 예뻐질 일이 없겠다고. 응? 내 말은 정말 귀엽단 소리야."

하지만 클레어는 듣고 있지 않았다. 클레어는 다시 담요로 에밀리의 얼굴을 덮었다.

"우린 오늘 처음 왔어."

클레어의 눈에 눈물이 그렁그렁했다.

"에밀리랑 떨어져 있는 건 오늘이 처음이야."

"아."

"나는 한순간도 놓치기 싫은데, 응?"

클레어가 나를 바라보았다. 눈물이 뺨 위로 넘쳐흘렀다.

나는 다시 "아." 하고 말했다.

클레어는 목이 멘 듯 끅 하고 흐느끼더니 기어이 엉엉 울음을 터뜨렸다. 클레어의 몸이 떨리자 에밀리도 덩달아 떨렸다. 에밀리가 눈꺼풀을 실룩이며 눈을 뜨고는 고양이처럼 앵 하고 울었다.

나는 맥스의 기저귀를 겨드랑이에 꼈다.

"자, 내가 안을게. 에밀리 떨어뜨릴라."

클레어는 그런 생각은 못했다는 듯이 눈을 동그랗게 떴다. 그러고는 에밀리를 나한테 건넸다. 클레어는 벽에 털썩 기대어 하염없이 흐느껴 울었다. 클레어의 오른쪽 귓불에 걸려 있는 작은 귀고리들이 파르르 떨렸다.

나는 한 팔로 에밀리를 안고 아래위로 살살 흔들어 주었다. 맥스는 이렇게 작은 적이 없었던 것 같았다.

이내 클레어가 눈물을 삼켰다. 후우우 하고 클레어의 숨소리가 떨렸다.

"네 아기는 어디 있어?"

나는 고갯짓으로 가리켰다.

"엉금엉금반에."

나는 에밀리를 조금 더 흔들어 주었다.

"있잖아, 여기 좋은 데야. 에밀리는 괜찮을 거야."

클레어는 다시 울음을 터뜨렸다. 그러고는 "알아." 하고 흐느끼듯 말했다.

나는 괜히 일을 더 꼬이게 하나 싶기도 했지만, 그래도 계속 말해 보았다.

"그리고 놓치기 싫다는 말 말이야, 크리스티인가? 걔도 아기 엄마인데, 타일러 보러 간다고 만날 수업에 빠져. 자기가 자판 두드리는 사이에 타일러가 놀라운 일을 할 것 같다나?"

나는 몸을 바싹 숙이고 소리를 낮추었다.

"그런데 타일러는 못난이거든. 걘 아무것도 안 해."

클레어가 다시 흐느꼈다. 나는 클레어한테 그냥 리츠 과자나 젖병이나 하나 주고 말았으면 싶었다.

"에밀리가 못난이라는 소리가 아니야."

나는 에밀리를 내려다보았다. 에밀리는 말 그대로 못난이였다.

"에밀리는 정말…… 그러니까……."

클레어가 눈물을 훌쩍 들이마시며 한 손을 휘휘 내저었다. 이제 보니 웃고 있었다.

"그만, 그만. 너무 달래 주는 것 같아."

클레어는 발치에 놓여 있던 기저귀 가방을 뒤적거리더니,
아기 입 닦을 때 쓰는 수건을 꺼내 얼굴을 슥 닦았다.

"웩."

내 소리에 클레어가 수건을 쳐다보고는 다시 가방에 던져
넣었다. 클레어가 팔을 내밀며 싱긋 웃었다.

"우리 못난이 아기, 이리 줘."

나는 에밀리를 건네주었다.

"아기들, 못생긴 거 괜찮아져. 한 달쯤 지나면."

클레어가 눈썹을 추켜세웠다.

"타일러만 빼면 말이지."

"그렇지. 타일러는 열여섯 살이 돼도 못난이일 거야."

우리는 둘 다 푸하하 웃음을 터뜨렸다.

클레어가 다시 숨을 쉬었는데, 이번에는 그다지 숨소리가
떨리지 않았다.

"줄곧 잠 좀 잤으면 싶은 생각밖에 없어."

나는 고개를 끄덕이고는 손가락으로 딱 소리를 냈다.

"잠깐. 너 정치 수업 들어?"

"3교시에."

"딱이다. 바로 거기서 낮잠 50분. 게다가 점심시간 바로
전이야."

클레어는 다시 싱긋 웃었다.

“수첩에 적어 둘게.”

그러고는 에밀리를 꼭 끌어당기며 기저귀 가방을 집어 들었다.

“에밀리 젖 먹여야 돼. 부디 행운을 빌어 줘. 나랑 우리 못난이한테.”

“둘 다 괜찮을 거야.”

니콜과 메러디스가 기저귀와 손수건과 여벌 옷으로 무장을 하고 엉금엉금반에서 나왔다. 젠장. 여벌 옷을 또 잊어 버렸다.

메러디스가 갓난아기반으로 들어가던 클레어를 고개로 가리켰다.

“누구야?”

“새로 온 아기 엄마.”

니콜이 물었다.

“남자애, 여자애?”

“여자애.”

메러디스가 말했다.

“쟤는 아직 5킬로는 더 빼야겠다.”

메러디스는 몸에 꼭 맞는 하얀 블라우스에 까만색 골반 청바지를 입고 있었다. 앤디가 보면 화끈하다고 했을 것이다.

“난 미칼라가 태어난 날부터 운동을 시작했다고.”

니콜은 마치 클레어가 저기 서서 빅맥이라도 먹고 있다는 듯이 말했다.

"자꾸 먹기만 하면 안 돼. 만날 체육복 바지나 입고 다닐 것도 아니잖아."

나는 니콜도 체육복 바지를 입고 있다고 말하고 싶었다. 내 눈에는 클레어가 괜찮아 보였다는 말도. 하지만 잠자코 있었다.

니콜이 그때까지 내가 옆구리에 끼고 있던 맥스의 기저귀를 가리켰다.

"샘, 타깃 마트 가면 더 싼 기저귀 파는데."

"게다가 무지 귀여워."

메러디스도 거들면서 자기 기저귀를 들어 보였다.

"봐. 아기 오리야."

"귀엽네."

나는 그놈의 빌어먹을 기저귀도 제대로 못 산다.

둘은 다시 깔깔거리고는 나를 밀치며 기저귀 교환실로 들어갔다.

나는 우두커니 서서 갓난아기반 문을 바라보았다. 클레어 베일리. 클레어 베일리가 이 학교에 다닌다. 나는 숨을 크게 쉬었다. 참으로 오랜만에 기분이 좋아졌다.

클레어 베일리와 나는 8학년(우리나라의 중학교 2학년에 해당:옮긴이) 때 국어 수업을 같이 들었다. 그 무렵 우리는 막 《앵무새 죽이기》를 다 읽은 뒤, 페리스 선생님한테서 기말 과제를 듣고 있었다.

"주위 어른들한테 물어봐. 부모님이나 할아버지 할머니, 고모나 삼촌, 이웃집……."

그러자 앤디가 말했다.

"비디오 가게 형, 주유소 형."

다들 와하하 웃었다. 페리스 선생님은 얼굴을 찌푸리며 앤디가 또 입을 열기 전에 얼른 말했다.

"너희가 존경하는 어른들한테 물어봐. 삶에서 전환점이 된 순간이……."

여기저기서 손이 번쩍번쩍 올라가자 선생님이 재빨리 덧붙였다.

"자신을 바꾸고, 세상을 다르게 보게 하고, 어쩌면 다른 삶을 살게도 한 순간이 언제였는지."

앤디가 나를 보며 웩 하고 토하는 소리를 냈다. 나는 몸을 축 늘어뜨리고 의자에 기댔다.

앤디가 물었다.

"얼마나 써야 돼요?"

"한 장. 줄 간격은 200퍼센트. 여백은 2.5센티로 하고."

페리스 선생님이 앤디를 가리키며 말하자 모두 와하하 웃었다.

나는 그날 저녁을 먹으며 아빠한테 물어보았다. 과제에 열중해서는 아니었다. 아직 기한이 일주일이나 남아 있었다. 하지만 아빠랑 같이 앉아 스파게티를 먹고 있었다. '오늘 어땠니? 좋았어요. 숙제 있어? 조금요.' 따위의 대화는 벌써 다 했다. 그리고 너무 조용한 나머지 저 아래 지하실에서 보일러가 돌아가기 전에 딱딱거리는 소리까지 들렸다. 그래서 갑자기, 나도 모르겠다, 어쩌면 단지 저 딱딱거리는 소리를 막아 보고 싶었던 건지도 모른다. 나는 불현듯 말을 꺼냈다.

"국어 숙제가 있어요. 글쓰기인데요. 아빠 삶에서 아빠를 완전히 바꾼 순간이 언제인지 물어봐야 돼요."

아빠는 한순간도 멈칫하지 않았다. 심지어 먹는 것도 멈추지 않았다.

"네 엄마를 만난 날."

그러고는 다시 우물우물 씹었다.

나는 그저 가만히 앉아 있었다. 엄마는 내가 아홉 살 때 돌아가셨다. 그 무렵 나는 열세 살이었다. 그 4년 동안 아빠는 한 번도 엄마 이야기를 하지 않았다. 단 한 번도. 그런데 느닷없이, 스파게티를 먹으며 앉아 있다가……. 그 순간 내 머릿속에는 엄마가 너무나 보고 싶다는 생각, 엄마가 여기 우리와 같이 있으면 얼마나 좋을까 하는 생각뿐이었다.

나는 아빠가 스파게티를 마지막까지 싹싹 긁어모으는 모습을 물끄러미 바라보았다. 목구멍에 뭔가 걸려서 말이 나오지 않았다. "네 엄마를 만난 날." 그 말을 무슨 뜻으로 했는지, 나는 차마 물어볼 수 없었다. 그리고 이 이야기로 숙제를 할 수가 없었다.

그런데 이튿날 수업 시간에 클레어가 손을 들고 말했다.

"우리가 왜 이 숙제를 해야 하는지 모르겠어요. 인생의 전환점에 대해 쓰는 것 말예요."

다른 아이들이 그렇게 말했다면, 선생님은 그저 무시하거나 "저런, 안됐구나. 그래도 해야지."라고 말했을 것이다.

하지만 페리스 선생님은 클레어를 좋아했다. 아주 많이. 그리고 클레어는 토론을 굉장히 좋아했다. 페리스 선생님과 클레어는 늘 토론을 벌였다.

그래서 선생님은 책상 가에 엉덩이를 걸치고 물었다.

"어째서 이 숙제를 할 필요가 없다고 생각하는 거지, 클레어?"

반 아이들 모두가 똑바로 앉아 귀를 기울였다. 좋은 토론
이었다. 나도 귀를 쫑긋 세웠다. 숙제를 하고 싶지 않았으니
까. 그리고 아무한테도 말은 안 했지만, 나는 내심 클레어 베
일리를 좋아하고 있었다. 6학년 사회 시간 때부터 줄곧. 클
레어는, 정확히 말해서 예쁘지는 않았다. 누구도 클레어더러
예쁘다고 하진 않을 것이다. 나는 그냥 클레어를 보는 게 좋
았다. 클레어의 말을 듣는 것도 좋았다.

클레어가 책상 앞으로 몸을 숙였다.

"어제 저녁 먹으면서 부모님이랑 이야기해 봤는데요, 두
분 다, 엄마 아빠 둘 다 대부분의 사람들한텐 인생을 결정짓
는 어떤 중요한 순간이 없는 것 같대요. 아빠는 도저히 인생
에서 결정적인 순간을 딱 하나로 집어낼 수는 없대요."

페리스 선생님은 오른쪽 무릎에 손을 포개고 몸을 뒤로 젖
혔다. 빙그레 웃고 있었다. 선생님은 이런 것을 좋아한다. 페
리스 선생님은 돈을 주고서라도 클레어 베일리를 반에 남겨
둘 것이다.

선생님이 물었다.

"다른 사람들은 어떻게 생각해?"

우리는 그저 잠자코 앉아 있었다. 나는 마음속으로 정말
멋진 말이라고 생각하고 있었다. 잘 했어, 클레어 하고.

클레어는 누군가 끼어들기라도 하듯 손을 들고 말했다.

"엄마는 대부분의 사람들에게 삶이란 작은 일들이 숱하게 모여 있는 거래요. 하루하루의 일이 천천히 더해지는 거라고요. 그러니까 중요한 순간을 딱 하나만 집어낼 수 있는 사람은 흔치 않을 거래요."

페리스 선생님은 고개를 끄덕이면서 선생님도 클레어와 같은 생각이라고, 클레어가 아주 좋은 점을 지적했다고 말했다. 그러고는 교실을 둘러보며 다시 "다른 사람들은 어떻게 생각해?" 하고 말했다. 아무도 말이 없었다. 아무도 초를 치고 싶지 않았던 것이다. 어쩌면 클레어가 우리를 숙제에서 구해 준 건지도 모르니까.

하지만 이내 선생님이 한숨을 쉬었다. 그리고 시계를 쳐다보았다. 언제나 좋지 않은 신호였다.

선생님이 말했다.

"그럼, 어른들한테 중요한 순간 하나를, 전환점 하나를 골라 달라고 하면 어떨까?"

선생님이 클레어를 바라보자 클레어는 어깨를 으쓱했다. 그래서 어쨌든 숙제를 하게 되었다.

숙제를 내기 전날, 나는 진 고모에게 전화를 걸어 물어보았다. 그러자 고모는 처음이자 마지막으로 마리화나를 피워 봤다가 죽는 줄 알았고, 그 뒤로 다시는 약을 하지 않았다는 어설픈 이야기를 들려주었다. 고모가 나한테 들려줄 법한 이

야기를 마구 지어내고 있다는 느낌이 들었다. 그래도 나는
고모한테 고맙다고 인사하고 그 이야기로 한 장을 채웠다.
여백은 4센티쯤으로 했다.

　페리스 선생님은 나에게 C를 주었다.

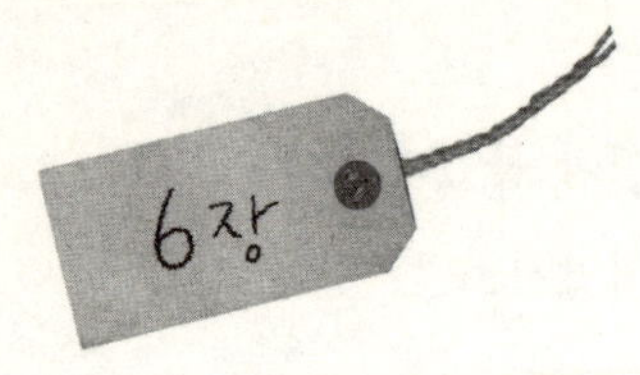

그리고 클레어가 내가 듣는 국어 수업 시간에 나타났다. 믿을 수가 없다. 설마 내 운이 트이기라도 하는 걸까. 클레어는 나를 보고 생긋 웃으며 손을 살짝 흔들더니 내 앞자리에 털썩 앉았다. 고트 선생님의 첫 질문에 클레어가 손을 번쩍 들더니, 어쩌면 이아고(셰익스피어의 희곡 《오셀로》에 나오는 인물:옮긴이)가 오셀로의 또 다른 인격인지도 모른다는 말을 했다. 그러자 8학년 국어 시간으로 돌아간 것 같았다. 선생님은 책상에 앉아 싱긋 웃고 있었다. 클레어는 몸을 앞으로 내밀며 흘러내리는 머리카락을 쓸어 넘기고 있었다. 다른 아이들은 그저 물끄러미 쳐다보며 앉아 있었다.

문가에 앉은 한 아이 말고는. 문신을 새기고 코걸이를 한 이 펑크족 아이는 손을 들고 말했다.

"우아. 그것 참 좋은 지적이다."

나는 땅을 쳤다. 그 바보 같은 희곡을 읽지 않았어도 그렇게 말할 수는 있었는데. 그래서 클레어가 고개를 빙그르르 돌리고 그 당당한 웃음을 짓게 할 수도 있었는데.

그날 밤 맥스가 내 방을 돌아다니며 뭔가 씹을 것을 찾는 동안, 나는 실제로 그 희곡을 꺼내서 읽어 보았다. 그리 오래 붙잡고 있지는 않았다.

금요일 방과 후에 해리먼 선생님과 면담이 있었다. 일반 학교에서라면 해리먼 선생님을 상담 선생님이라고 부르겠지만, 여기서는 나의 '멘토'였다.

해리먼 선생님이 책상을 돌아 나오며 환히 웃었다.

"어서 와라, 샘! 맥스도!"

선생님이 맥스에게 손가락을 흔들자 맥스가 내 품에서 버둥대기, 해죽해죽 웃기, 침 질질 흘리기를 동시에 했다. 해리먼 선생님이 구석에 있는 아기그네를 가리켰다.

"맥스가 여기 가만히 앉아 있을까? 그리 오래 걸리진 않을 거야."

"그럼요. 그네 되게 좋아해요."

나는 맥스를 그네에 앉히고 그네에 붙은 식판에 시리얼을 서너 개 떨어뜨렸다.

"더 많이 주면 집어 던져 버리거든요."

선생님한테 내가 무엇을 어떻게 해야 하는지 잘 알고 있다는 것을 알려 주고 싶었다. 나는 그네를 흔들었다.

해리먼 선생님은 다시 책상을 돌아서 자리에 앉았다. 나는 선생님 맞은편에 있는 의자에 앉았다. 선생님과 나는 맥스가 시리얼 한 알을 조심조심 집어서 입으로 가져가는 모습을 지켜보았다. 족히 30분은 걸렸다. 맥스는 우리가 보고 있다는 것을 알고는 '나, 귀엽지?' 하는 웃음을 지어 보였다.

해리면 선생님이 "귀엽지?" 하고 말했다.

사실 나는 맥스가 무지무지 신기했다. 바닥에 누워 주먹으로 자기 눈을 치던 때가 겨우 몇 달 전이다. 그런데 이제는 시리얼도 집을 줄 안다. 정말이지 나는 뭔가에 얻어맞은 듯이 놀랐다. 어떻게 된 일인지 도무지 알 수가 없다. 도대체 어떻게 맥스가 갑자기 이런 일을 할 수 있게 된 걸까. 맥스는 한순간 주스와 과자를 머리카락에 바르고 있더니, 다음 순간 진짜 사람이 되어 있었다.

해리면 선생님이 말했다.

"너를 꼭 닮았어."

"사람들이 그렇대요."

비록 나는 잘 모르겠지만. 나는 맥스가 브리타니를 닮은 것 같다. 동그란 얼굴과 파란 눈과 금발이.

"그래."

해리면 선생님이 책상 위에 놓인 서류들을 정리하자, 나는 허리를 펴고 똑바로 앉았다. 낯간지러운 짓거리는 이제 그만. 해리면 선생님과 이야기할 때면 나는 늘 공부하지 않은 것을 시험 치는 기분이 든다. 아예 시험이 있는 줄도 모르는 상태에서 말이다.

선생님이 활짝 웃었다. 선생님은, 누구더라, 그 여배우처럼 입이 큰데 그만큼 예쁘지는 않다.

"선생님들이 대체로 만족하시더구나, 샘."

대체로.

선생님이 길게 기른 손톱으로 한 이름을 톡 쳤다.

"고트 선생님이 그러는데, 아직 국어 숙제 안 냈다면서?"

선생님이 살짝, 아주 살짝 웃음을 거두고 걱정스러운 얼굴로 나를 올려다보았다.

가장 익숙해지기 힘든 것 가운데 하나가 선생님들끼리 나에 대해 얘기를 나눈다는 점이었다. 언제나. 예전에 일반 학교에 다닐 때는 내가 어떤 수업을 듣는지, 그 시간에 내가 어떻게 하는지 아무도 몰랐다. 선생님들은 나에 대해 아무것도 몰랐다. 여기서는 모두가 나를 속속들이 알고 있다는 느낌이 든다.

"지금 하고 있어요. 다만……."

나는 어깨를 으쓱했다. 나는 그 바보 같은 단편 소설을 읽어 보지도 않았다. 좀 읽어 보려고 하면 잠이 왔다. 게다가 지금은 이미 《오셀로》를 배우고 있는데…….

"음, 고트 선생님한테 말씀드려. 너랑 고트 선생님이 잘 알아서 해결하리라 믿는다. 됐지?"

선생님이 다시 활짝 웃었다.

“네.”

선생님은 다시 서류를 내려다보았다.

“일은 안 하고 있지, 샘?”

“아…… 네.”

말하고 보니 또 대답을 잘못한 것 같다. 나는 식은땀이 살짝 흘렀다.

“그게, 학교 끝나고 할 수 있는 일로는 어린이집 비용도 제대로 못 대고……..”

샘이 풀지 못한 또 하나의 문제. 이번에도 망했다.

선생님이 고개를 끄덕였다. 웃으면서. 하지만 활짝 웃지는 않았다.

“계속 아버지랑 같이 살고 있고?”

“네. 졸업할 때까지요. 그렇게 약속했어요.”

우리의 약속.

“졸업장을 받을 때까지는 아빠가 돈을 대 주기로 했어요. 졸업하고 나면, 저는 로슨 건설에서 일할 거고요. 99번 도로 있죠? 아빠가 로슨 씨를 알거든요. 저는 빚을 갚을 거예요. 몽땅요. 병원비랑 몽땅 다. 물론 우리 아빠한테요. 로슨 씨가 아니라.”

계속 그렇게 떠들어 대면, 선생님이 바라는 대답이 느닷없이 튀어나올지도 모른다. 딱 맞는 대답이.

맥스가 이제 시리얼을 다 먹어 치웠다. 맥스는 손으로 식판을 탕 내리치며 소리를 빽 질렀다.

선생님이 자리에서 일어나 그네를 살살 흔들었다.

"조금만 더 기다려, 맥스."

맥스는 선생님에게 버릇없이 뿌 소리를 냈다.

나는 맥스에게 시리얼을 몇 개 더 주었다.

선생님이 다시 의자에 앉았다.

"육아 수업은 좀 어떠니?"

"아주 잘하고 있어요."

적어도 한 주에 한 번은 어린이집의 맥퍼슨 선생님이나 사무원이나 보조 교사 앤지한테서 이런 질문을 받는다.

"어떻게 돼 가, 샘? 잘 되고 있니, 샘?"

나는 그 사람들이 제마나 메러디스나 크리스티한테도 물어봤을지 궁금했다. 나, 참. 크리스티는 머리가 텅 비었는데. 거기서 나만 남자라서 그런가? 아니면 나이기 때문에? 나는 맥스를 물끄러미 바라보았다.

"다들 맥스가 잘 자란다고 그래요."

"그럼. 잘 자라고말고. 맥스는 무럭무럭 자라고 있지. 사랑을 듬뿍 받으면서."

선생님은 몸을 좀 더 앞으로 내밀고 내 얼굴을 들여다보았다.

"내가 걱정하는 건 너야, 샘. 요즘 어때?"

선생님의 말투가 꼭 함정 문제를 내는 것 같았다. 나는 웃으며 대답했다.

"잘 지내요, 선생님."

선생님은 고개를 끄덕였다. 얼굴에 웃음이 떠올랐다. 선생님은 다시 뒤로 기댔다.

"SAT(미국의 대학 수학능력 시험:옮긴이) 볼 생각 없니, 샘?"

"네?"

이것이 함정 문제였다.

"뭘 본다고요?"

"SAT. 이 시험은 대학에……."

"저도 뭔지 알아요."

"작년에 본 모의고사 점수가 무척 좋더구나, 샘. 정말이야, 좀처럼 보기 힘든……. 특히 수학 점수가 좋던걸."

내 모의고사 점수라. 다른 누군가가 시험을 보고 그 점수를 받았다. 어디선가 들어 본 누군가가.

"저는 대학에 안 갈 거예요, 선생님. 그건 약속에 들어 있지 않아요. 아빠랑 저는…… 그렇게 하기로 했어요. 공사장에 나갈 거예요."

책임을 질 거예요.

"이해해, 샘. 하지만 네가 선택할 수 있는 것들을 알려 주

는 것도 내 일이란다. 정말로 공사장에서 일하고 싶은 거
니?”

나는 피식 웃음을 터뜨렸다. 참을 수가 없었다. 마치 나에
게 선택권이 있다는 듯이. 마치 내가 원해서 이렇게 되었다
는 듯이. 마치 내가 애초부터 열일곱 살에 아버지가 되겠다
고 꿈꿔 왔다는 듯이. 우습게도 나는 내가 하고 싶은 게 무엇
인지 알고 있었다. 내가 무엇을 하고 싶어 하는지, 나는 정확
히 알고 있었다. 1학년 때 컴퓨터 수업을 들어 보니까 정말
재미있었다. 소질도 있었다. 그래, 샘 페티그루, 여기 네가
할 수 있는 일이 있어. 여기 네가 해야 되는 일이 있어. 그런
느낌이었다. 나는 대학에 가려고 했다. 공학을 공부하고 싶
어서. 컴퓨터 다루는 일을 하기 위해. 앤디가 그걸 가지고
놀려 대곤 했다. 컴돌이 샘이라고. 부러워서 그러는 거였다.
하지만 그 샘도 지금은 그저 어디선가 들어 본 듯한 다른 사
람이었다.

“공사판에서 일하면 돈을 많이 벌어요.”
선생님이 서류를 톡톡 두드렸다.
“선생님이 아버지께 말씀드려 보면 어떨까.”
“아뇨. 그러지 마세요.”
나는 숨을 크게 쉬었다. 분명히 뭔가 할 말이, 선생님이 이
생각을 접고 나를 여기서 내보내게 해 줄 어떤 대답이 있을

터였다.

맥스가 다시 소리를 빽 지르며 식판을 내리쳤다. 나는 자리에서 일어섰다.

"그만 타고 싶은가 봐요."

나는 그네 띠를 풀고 맥스를 안아 올렸다.

선생님은 내가 나가기 전에 재빨리 덧붙였다.

"시험 보는 아이들이 제법 있어. 일반 과목만 듣는 아이들도 있지만, 육아 수업을 듣는 아이들도……."

선생님은 서류를 살폈다.

"앤젤라 로드리게즈, 걸음마 하는 아기가 있어. 제마 무어. 브리아나, 메러디스, 그리고 새로 온……."

그리고 또 다른 서류를 살폈다.

"클레어 베일리?"

나는 맥스를 들어 올린 채 우뚝 멈춰 섰다.

해리먼 선생님이 말을 이었다.

"나한테 책이 있어. 어쩌면 너희가…… 물론 너희가 얼마나 바쁜지 알지만…… 그래도 시간을 좀 내서 같이 공부할 수도 있지 않을까? 서로 도와주면서. 아이들 맡기는 문제도 어떻게 해결할 수 있을 거야."

같이 공부한다고.

"얼마마다요?"

내가 묻자 해리먼 선생님이 얼굴을 찡그렸다.

"뭐라고?"

"공부요. 얼마마다 하는데요?"

"아. 글쎄, 너희들 하기 나름이겠지. 하지만 시험이 10월 말이야. 그러니 일주일에 한 번, 가능하면 두 번쯤 만나는 게 좋겠지."

선생님은 일주일에 두 번이 아주 많은 횟수라고 생각하는 것 같았다. 나는 그 두 번이 일주일에 클레어를 두 번 만난다는 것으로 여겨졌다. 그것으로는 부족해. 나는 고개를 끄덕였다. 맥스 녀석이 발로 내 배를 툭툭 찼다.

해리먼 선생님이 말했다.

"샘, 이것도 너 자신을 위해 할 수 있는 일이야. 시험 보는 거 말이야. 문을 열어 두는 셈이지."

나는 다시 자리에 앉았다. 그리고 무릎 위로 맥스의 무게가 묵직하게 느껴졌다.

"알겠어요. 어떻게 하면 되는데요?"

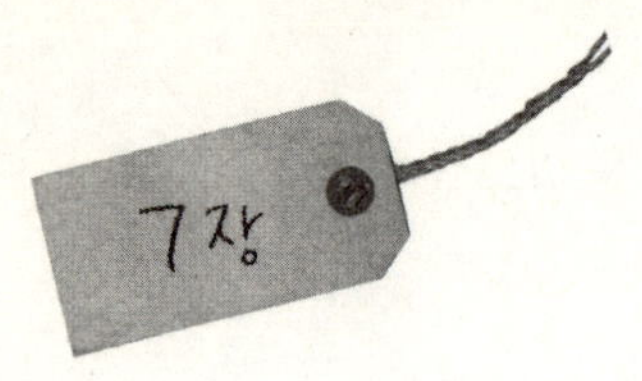

SAT를 보려면 24달러가 든다. 물론 나는 그만한 돈이 없다. 그래서 진 고모한테 빌렸다. 나는 고모가 수표를 쓸 수 있도록 그 돈을 어디에 쓸지 알려 줘야 했다.

"꼭 갚을게요."

나는 그렇게 말하고 나서 고모가 뭔가 말하기를 기다렸다. "제정신이니?" 따위의 말을. 하지만 고모는 맥스를 안고 둥기둥기 흔들면서 빙그레 웃기만 했다.

"그래, 샘. 그렇게 해."

그날 밤 내 방에 앉아 고모가 준 수표를 보고 있자니, 혹시 내가 미쳐 가고 있는 게 아닐까 하는 생각이 들었다. SAT만으로도 충분히 정신 나간 짓이다. 그런데 클레어 생각까지 하게 되다니. 요즘에는 늘 클레어 생각을 한다.

정치책을 펴면, 클레어가 무슨 공부를 하고 있을지 궁금해졌다. 맥스에게 젖병을 물리면, 에밀리에게 젖을 먹이는 클레어가 생각났다. 학교에 갈 때도, 빨래를 할 때도, 기저귀를 갈 때도. 나는 뻗친 머리를 가라앉히려다가 두 번이나 지각한 적도 있었다. 심지어는 오래된 클리어라실(미국 청소년들이 많이 쓰는 여드름 치료용 화장품을 만드는 회사:옮긴이) 화장품으로 턱에 난 뾰루지를 감춰 보려고도 했다.

진짜 웃기는 건, 브리타니가 임신했다고 말한 뒤로 나는 여자아이를 이렇게까지 생각해 본 적이 없다는 사실이었다.

수요일에 해리먼 선생님이 복도에서 나를 불러 세웠다.

"다 됐어, 샘. 너희가 쓸 방과 후 시간표를 짰단다. 세 명밖에 없을 거야. 여자애들은 대부분 시간을 못 내겠다나."

나는 숨을 죽였다.

"너랑 제마랑 클레어가……"

후우 하고 나는 숨을 내쉬었다.

"월요일 2시 반부터 도서관에서 모일 예정이야."

선생님이 나를 쳐다보았다.

"수첩에 적어 둬, 샘."

"기억할 수 있어요."

혹시 해리먼 선생님이 내가 왜 공부를 하려는 건지 눈치채진 않았을까? 만약 선생님이 알고 있다면, 그래서 샘 페티그루가 미치광이로 판명된다면, 과연 나는 맥스를 데리고 있을 수 있을까? 미친 사람도 부모가 될 수 있는 걸까?

하지만 그러고 나서 나는 곧 정말로 머리를 좀 잘라야겠다는 생각을 했다.

월요일에 맥스와 나는 지각을 했다. 웬일인지 7시가 되도

록 맥스가 일어나지 않아서 아침 시간이 엉망이 되고 말았
다. 나는 간신히 틈을 내서 샤워를 했고, 면도를 하다가 열다
섯 번쯤 베였다.

그러고는 온종일 2시 반이 되기만을 기다리면서 머리가
헝클어지지 않도록 신경 썼다.

수학 시간이 끝나자마자 쌩 하니 달려갔는데도 클레어와
제마는 이미 도서관 구석에 있는 둥근 책상에 앉아 있었다.
내가 자리에 앉자 클레어가 내 손을 덥석 잡았다. 나는 숨이
멎는 줄 알았다.

"에밀리가 괜찮다고 말해 줘."

"뭐?"

나는 갈라지는 목소리로 되물었다.

제마가 말했다.

"에밀리, 괜찮을 거야. 지금 마틴 비커스가 셋 다 돌보고
있어. 그 애는 동생이 열 명쯤 된다니까. 정말이야, 알아서
잘 해."

제마는 대문자로 '부처님이라면 어떻게 했을까?' 라는 글
귀가 쓰인 티셔츠를 입고 있었다.

나는 클레어의 손에서 내 손을 살며시 빼내며 간신히 폐를
뇌에다 다시 연결시켰다.

"나도 마틴이랑 정치 수업 같이 듣는데, 괜찮은 애야."

어제 워커 선생님이 대통령이 어느 당이냐고 물었을 때, 마틴은 진지하게 "공산당인가요?" 하고 말했다. 클레어가 그런 사실까지 알 필요는 없을 것이다.

클레어가 고개를 절레절레 저었다.

"하지만 셋이나 되는데?"

내가 대답했다.

"맥스는 아마 자고 있을 거야."

암, 자고 있고말고. 지금 자서 밤에 나를 못 자게 하겠지.

제마가 책가방을 열고 커다란 책 꾸러미를 꺼냈다.

"다 잘 있을 거야. 자, 해리먼 선생님이 공부하라고 주셨어. 시작하자."

나는 공부를 하면서 약간 놀랐다. 제마가 계획표를 꼼꼼히 짜 온 덕분에 우리는 한 시간 동안 수학과 어휘, 단어 유추 연습 문제를 풀었다. 제마 말대로 "지금 우리 수준이 어느 정도인지 보려고." 수학은 나도 괜찮았지만, 언어 영역에서는 클레어와 제마가 나보다 훨씬 나았다.

제마는 내 단어 유추 문제지를 보더니 고개를 설레설레 저었다.

"영어가 모국어 맞니?"

"하하하. 거, 되게 웃기네."

클레어도 문제지를 보려고 몸을 숙였다.

"너, 모의고사 봤지?"

"응."

"언어 영역, 몇 점이었어?"

클레어와 제마가 같이 히죽거렸다.

"평균은 넘었어."

둘은 깔깔깔 웃었다. 제마가 기다란 보라색 손톱으로 종이를 톡톡 두드리며 말했다.

"대학에 들어가려면 이것보다 잘 해야 할걸."

나는 의자에 몸을 기댔다. 약간 짜증이 났다.

"너 진짜 대학 갈 거야, 제마?"

제마가 얼굴을 찡그렸다.

"당연하지, 멍청아. 우리 남편, 마이클? 직장도 좋은데다 여섯 달 더 있으면 봉급도 올라가. 게다가 회사 안에 어린이집도 있어. 엄마도 우리를 도와주시고. 그리고 내가 졸업하고 일을 하면, 그때는 마이클도 대학에 갈 거야."

제마 말은 모두 사실처럼, 이미 그렇게 다 약속된 것처럼 들렸다. 모든 것이 다 순조롭게 돌아가고 있는 것 같았다. 마치 제마의 딸 크리스틴은 한 시간이나 더 자서 아침 시간을 엉망진창으로 만드는 경우가 절대 없다는 듯이.

클레어는 다시 의자에 몸을 기댔다. 마치 국어 시간에 자기가 오셀로와 그 아무개 얘기를 시작했을 때 우리가 지었던 것 같은 표정이었다.

"게다가……"

제마가 한 번 시작하면 아무도 못 말린다.

"난 유력한 장학생 후보야. 학교 성적 좋고 수학 점수 높은, 저소득층 아프리카계 여학생이지. 대학에서는 화학 공학을 공부하고 싶어. 사실 난 십대에 애 엄마가 되긴 했지만, 더 좋은 부모가 되는 법을 배우려고 이 학교에 왔어."

제마는 그렇게 말하고 어깨를 으쓱했다.

"난 저 백인 입학 담당관들이 꿈도 못 꿀 역경을 이겨 냈다고."

제마가 시계를 보았다.

"어머나, 이런. 워커 선생님 가기 전에 꼭 만나야 하는데."

그러고는 문제지들을 가리켰다.

"너희는 단어 유추를 좀 더 풀지그래?"

클레어와 나는 제마가 문밖으로 성큼성큼 걸어 나가는 모습을 물끄러미 바라보았다. 클레어가 나를 쳐다보았다.

"저 말 다 믿어? 제마가 저걸 다 해낼까?"

나는 고개를 저었다.

"모르겠어. 아무튼 제마는 뭐든 야무지게 잘하는 애니까."

사실 나는 제마가 좋았다. 제마는 다른 아기 엄마들보다 말하기가 편했다. 마이클도 제마와 크리스틴을 데리러 올 때마다 나한테 꼬박꼬박 인사를 했다.

"마이클도 괜찮은 사람이야."

나는 마음속으로 생각해 보았다.

"아마 우리보다 나이가 많을걸."

클레어가 목뒤로 머리를 쓸어 올렸다.

"많이 다르겠지. 둘이 있으면."

드디어 기회가 왔다. 그동안 어떻게 물어볼까 계속 궁리하고 있었다. 나는 연필을 집어 들었다가 도로 내려놓았다.

"그럼 넌 에밀리 아빠랑 같이 안 사는 거야?"

"트렌트?"

클레어는 풋 웃음을 터뜨렸다. 클레어가 머리를 놓자 머리카락이 검은 구름처럼 어깨를 감싸며 천천히 흘러내렸다.

"아니. 우린 트렌트랑 같이 안 살아."

"트렌트……?"

나는 머리를 쥐어짰다. 윌러멧뷰 고등학교에 트렌트라는 아이가 두 명 있었다.

클레어는 문제지 한 귀퉁이를 돌돌 말기 시작했다.

"넌 몰라. 그 애는 힐즈버로에 다니니까."

"그럼 어떻게 만났어?"

나는 편하게 뒤로 약간 기대어 앉았다.

클레어가 곁눈으로 힐끗 쳐다보았다.

"알면 웃을 거야."

클레어는 살며시 웃고 있었다.

내 입에도 웃음이 번졌다.

"그럼 웃겨 봐."

클레어는 이제 문제지 한 장을 통째로 말고 있었다.

"토론 대회에서 만났어."

클레어 말이 맞았다. 나는 정말로, 하하하 하고, 루케시 선생님이 책상 너머로 쳐다볼 만큼 큰 소리로 웃음을 터뜨렸다. 나는 몸을 수그리고 소리를 낮추었다.

"토론 대회에서?"

"네가 생각하는 것보다 더 낭만적이야. 알잖아. 그……."

"티격태격하면서."

내가 대꾸하자 클레어가 푸하하 웃으며 둥글게 만 종이로 나를 톡 쳤다.

나도 문제지를 한 장 집어서 말기 시작했다.

"그럼…… 계속 만나? 트렌트랑?"

클레어가 후우 한숨을 쉬었다.

"트렌트가 양육비를 보태 주긴 해. 언제 만나러 올지도 정했고. 주말에는 트렌트가 에밀리를 데려갈 수 있어. 뭐, 지난 2주 동안 안 왔지만."

클레어는 눈을 도로록 굴렸다.

"베키? 그 애도 사 개월 된 아이가 있거든? 예전에 힐즈버로에 다녔다는데, 트렌트가 어떤 1학년 애랑 사귄다는 소리를 들었대."

가슴속에서 뭔가가 스르르 풀리는 것 같았다.

"나쁜 놈."

나는 그렇게 말했다. 그러면서도 속으로는 '잘 했어, 트렌트.' 하고 생각했다.

"너는? 브리타니랑 같이 살고 있니?"

나는 문제지를 다시 폈다.

"맥스 엄마 맞지? 브리타니 에임스?"

"그걸 어떻게 알았어?"

클레어는 어깨를 으쓱했다.

"한동안 너희 둘 얘기로 떠들썩했거든. 고등학교가 다 그렇지, 뭐."

"그래. 그렇지, 뭐. 브리타니는 부모님이랑 같이 보이시로 이사 갔어. 사진 같은 건 내가 보내 줘."

나는 문제지를 살며시 어루만졌다.

"브리타니는 엄마가 되는 게 힘들었던 것 같아."

나는 브리타니를 떠올리며 그 심정이 어땠을지 생각해 보았다. 맥스를 포기하기가 얼마나 힘들었을까. 그때는 나도 도무지 이해할 수가 없었다.

클레어가 고개를 끄덕거렸다.

"이해해. 나도 에밀리를 키우기로 마음먹기 전에 조사를 해 봤거든. 모든 길을 다 생각해 봤어."

나는 소리 내어 웃었다.

"아무렴, 그랬겠지."

클레어가 몸을 앞으로 내밀고 얼굴 위로 흘러내린 머리카락을 쓸어 넘겼다.

"하지만 너도 대단해, 샘. 이렇게 훌륭한 아빠라니."

얼굴이 화끈 달아올랐다. 나는 별로 훌륭하지 않다고 말하고 싶었다. 하지만 그런 말은 왠지 쓸데없이 징징대는 소리 같았다.

클레어가 물었다.

"맥스랑 넌 가족들이랑 같이 사니?"

나는 고개를 끄덕였다.

"응. 아빠랑 같이."

"난 엄마랑 아빠랑 여동생이랑 같이 살아. 다들 에밀리라면 껌뻑 넘어간다니까."

클레어가 HB 연필을 탁 튕기자 연필이 책상에서 핑글핑글 돌다가 마룻바닥으로 떨어졌다.

"어서 나가서, 내 집에서 살고 싶어."

나는 고개를 끄덕였다.

"그렇지만……."

클레어는 그렇게 말하며 손으로 문제지와 책을 가리켰다.

"진짜로. 대학에 가고 싶어. 그게 나랑 에밀리한테 가장 좋은 일이니까. 그러려면 부모님 집에서 살아야 해."

나는 다시 고개를 끄덕였다.

클레어가 한숨을 후우 내쉬었다.

"내가 에밀리를 기르겠다고 하니까, 엄마 아빠가 계속 그러더라. '생각해 봐, 클레어. 평생이 걸린 일이야.' 라고. 그래서 나도 계속 그랬지. '그래요, 그러니까 해야죠.' 라고."

그러고는 눈을 반짝이며 나를 뚫어지게 바라보았다.

"무슨 말인지 알지? 너도 네가 뭘 하고 싶은지 그냥 알지 않았어?"

나는 내가 무엇을 해야 하는지 알고 있었다.

"무슨 말인지 알아."

클레어가 빙그레 웃었다.

"전에 복도에서 널 보고 얼마나 기뻤는지 몰라, 샘. 정말…… 마음이 놓였어."

"그래. 나도 그랬어."

나는 참 신기한 일도 다 있다고 생각했다. 클레어 베일리와 나한테 마침내 공통점이 생기다니, 참 신기한 일이다.

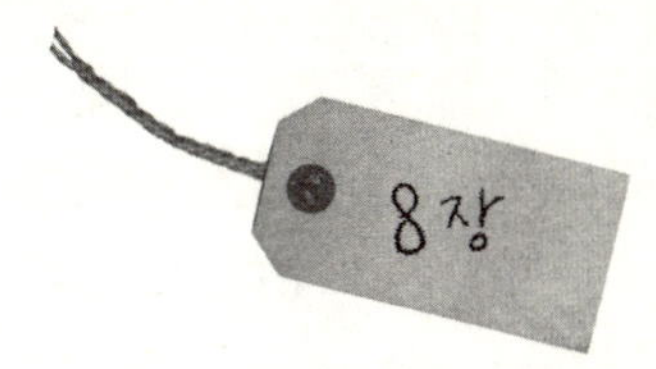

"어쩌다 그랬냐?"

앤디가 나에게 물었다.

우리는 체육관 벽에 기대서서, 임시로 온 체육 선생님이 아이들에게 피구를 시키려는 모습을 바라보았다.

"금요일 밤에. 멜리사네 파티에 갔다가."

앤디는 미심쩍다는 듯이 고개를 설레설레 저었다.

"너네 대판 싸웠잖아."

"화해했어."

나는 무심코 입꼬리가 씩 올라갔다. 물론 이 후덥지근하고 냄새나는 체육관에서 생각해 보니, 그게 정말로 있었던 일일까 싶기도 했다. 어쩌면 그저 더 생생한 공상이었는지도 모른다.

라리사 헐스가 임시 선생님한테 작년에 피구를 하다가 어떤 아이가 다쳐서 그 애 부모님이 항의하는 바람에 더 이상 피구를 할 수 없게 되었다고 말하고 있었다. 그러자 다른 아이가 피구가 아니라 '공 던지고 받기'라고 부르면 할 수 있다고 말했다. 임시 선생님의 눈동자가 위로 스르르 올라갔다.

"발작인가 봐."

앤디가 말했다. 그러고는 씨익 웃으면서 자기도 끼려고 벽에서 몸을 뗐다.

"아냐, 그냥 시계 보려는 거야."

나는 앤디가 임시 선생님을 괴롭히는 데 정신이 팔려서 더 이상 나랑 얘기하지 않으면 어쩌나 싶었다.

나는 재빨리 물었다.

"그런데 너랑 제니는 어디 있었어?"

"제니 차가 시동이 안 걸려서. 늦게 갔어."

앤디가 고개를 빙그르르 돌리고 나를 보았다. 그러고는 "너네 집에서?"라고 물었다.

나는 고개를 끄덕였다. 양심이 쿡쿡 찔렸다. 여자애들이 어떻게 생각할지 아니까. 어떤 남자애랑 잤더니 당장 동네방네 떠벌리고 다닌다고 생각하겠지. 하지만 나는 앤디한테만 말했다. 그리고 자랑하려는 것도 아니었다. 그저 말을 하면 진짜 일어난 일처럼 느껴졌기 때문이다.

마음속으로 초조하기도 했다. 그날 밤 이후로 나는 브리타니하고 만나지도 못했고 통화도 못했다. 토요일, 일요일에 연달아 전화를 걸어 보았지만, 두 번 다 브리타니의 엄마가 받았다. 왠지 내 목소리만 듣고도 나인지 알 것 같아서 말도 없이 끊어 버렸다.

브리타니가 무슨 생각을 하고 있을까. 혹시 후회하고 있진 않을까.

혹시 그걸 다시 하고 싶어 하진 않을까.

3교시에는 브리타니를 볼 수 있었다. 화학 시간이었다. 브리타니는 교실 뒷자리에 앉아 있었다. 교실 문으로 들어서자, 내가 싫어하는 덜떨어진 뮤직비디오 같은 장면이 펼쳐졌다. 갑자기 내가 서 있는 문에서부터 브리타니가 두 친구랑 같이 앉아 있는 교실 뒤편까지의 공간이 내 앞에 끝없이 뻗어 있었다. 그렇게 멀리까지는 무슨 짓을 해도 걸어갈 수 없을 것이다.

또 거기까지 간다고 해도 도대체 무슨 말을 하겠는가?

그래서 문간에 우두커니 서 있으니까 아이들이 나한테 쿵쿵 부딪히며 투덜거렸다.

"어유, 샘. 뭐야? 들어가, 나가?"

이제 충분히 브리타니가 고개를 들고 나를 볼 만했다. 어지간히 법석을 떨고 있었으니까. 나는 돌아서 버리고 싶었다. 그냥 뒤로 돌아서서, 교실을 나가, 집으로, 다른 동네로, 다른 주로 가 버리고 싶었다.

하지만 그럴 수가 없었다. 내 뒤에 아이들이 줄줄이 늘어서 있었다.

그때 브리타니가 "샘!" 하고 불렀다. 브리타니가 내 이름을 부르자, 모든 것이 단숨에 일상으로 돌아왔다. 브리타니가 자리에서 일어나 걸어왔다. 하나도 멀지 않은 거리였다. 단지 몇 미터였을 뿐이었다. 정말로, 그게 전부였다. 그리고 브리타니는 바로 거기 화학 교실 문간에서 나에게 팔을 두르고 입을 맞추었다.

미건 암스트롱이 말했다.

"어이구, 잘한다. 우린 이제 다 들어갔군."

결국 브리타니는 다시 섹스를 하고 싶어 했다.

한번은 파티 때 아이들이 밖에서 웃고 떠들고 있을 무렵, 어느 뒷방에서.

한번은 내 차에서 라디오를 켜 놓아 배터리가 떨어질까 걱정하면서.

대개는 방과 후 브리타니네 집, 브리타니의 방에서.

브리타니의 방은 내 방보다 두 배나 컸다. 커다란 침대와 안락의자. 텔레비전에 비디오에 시디플레이어까지 있었다. 욕실도 딸려 있었다. 냉장고만 있으면 그냥 그 안에서 살아도 될 것 같았다. 밖으로 나갈 필요가 전혀 없었다. 내가 그렇게 말하자 브리타니가 아하하 웃으며 내 위로 몸을 수그리고 내 팔에 손을 얹었다. 브리타니의 기다란 금발 머리카락이 내 가슴을 간질였다.

"너 되게 웃긴다, 샘. 진짜 재밌게 말해."

다섯 번째는 우리 집에서였다. 시디플레이어에는 또 '위저'가 들어 있었다. 나는 끝나고 침대에 엎드려 브리타니가 옷을 입는 모습을 물끄러미 바라보았다. 브리타니는 브래지어를 입고 있었다. 브래지어는 직접 보아야 이해하기가 쉽다. 브리타니는 가슴 쪽에서 브래지어의 고리를 채운 다음 고리 쪽이 등 뒤로 가게 돌렸다. 영화에서는 저렇게 하는 사람을 한 번도 못 봤는데, 보니까 재미있었다. 마치 마술사를 구경하는 것 같았다. 탈출왕 후디니 같은 마술사를.

나는 무심결에 물었다.

"괜찮았어?"

브리타니는 돌아서서 창문을 등지고 역광을 받으며 나를 보았다. 나는 브리타니의 얼굴이 보이지 않았다. 브리타니는 브래지어와 양쪽에 나비가 그려진 조그만 분홍색 팬티만 입고 있었다.

"뭐라고?"

브리타니가 물었다.

나는 몸을 돌려 등을 대고 누웠다. 언젠가 텔레비전에서 어떤 사람이 "하고 있다면 서로 이야기를 나눌 수 있어야 해요."라고 말하는 것을 보았다. 하지만 막상 하고 있자니, 이야기를 나눈다는 것은 어림도 없을 것 같았다. 뭐라고 표현해야 할지도 모르겠다. 그거 한다? 사랑을 나눈다?

"좋았어?"

브리타니는 아무 말도 하지 않았다. 그냥 우두커니 서 있기만 했다. 시디에서 새 노래가 시작되었다.

그러자 브리타니가 입을 열었다.

"아. 아, 그래, 좋았어."

그러고는 어쩌면…… 너무 뜸을 들였다고 깨달았는지도 모른다. 그때 내게로 다가와 침대 가장자리에 꿇어앉더니, 내가 일어나 앉자 나를 꼬옥 안아 주었으니까. "정말이야." 하고 속삭이면서.

어쩌면 그렇게 말해야 하는 것 같아서 그렇게 말한 건지도 모르겠다. 아니면 내가 그렇게 말해 주길 바라는 줄 알고. 아니면 좋아해야 되는 거니까 좋다고 말하는 걸까? 아니면 정말로 좋은 걸까?

생각하는 것도 이야기를 나누는 것만큼이나 고약했다. 그래서 나도 브리타니를 껴안으며 말했다.

"그래. 잘됐다. 나도 좋아."

나한테는 물어볼 것도 없으니까. 나는 너무나 좋았다. 섹스는 정말이지 너무나 황홀한 것 같았다.

하지만 나는 브리타니도 아주 좋아했다.

브리타니와 같이 있으면 기분이 좋았다. 영화관에서 옆자리에 앉아 있기만 해도. 같이 손을 잡고 학교 복도를 걷기만

74

해도. 쇼핑몰에서 지나가는 사람들이며 싸게 파는 물건 얘기를 하면서 걸어 다니기만 해도 좋았다. 브리타니는 재미있고 상냥했다. 나는 그런 여자아이랑 사귀고 있었다.

하루는 앤디와 내가 도서관에서 이야기를 나누고 있었다. 남아프리카에 대해 조사를 해야 되는데, 앤디 녀석은 마우스만 딸각대면서 웹사이트를 여기저기 돌아다니고 있었다. 그러다가 말 그대로 '일간 비키니' 라는 사이트를 찾아냈다. 나는 뭐라고 말해야 좋을지 몰라서 "브리타니보다 못한데." 어쩌고저쩌고 대꾸했다. 그러자 앤디 녀석이 미친 듯이 낄낄대다가 의자에서 떨어질 뻔했다. 마침내 녀석이 "맙소사." 하고 탄식하며 고개를 절레절레 저었다.

"맙소사, 빠져도 단단히 빠졌군."

나도 후후후 웃었다. 사실이니까.

나는 앤디한테 말하지는 않았지만 마음속으로 늘 생각하고 있었다. 내가 정말로 하고 싶고 오랫동안 생각해 온 것은 브리타니와 하룻밤을 보내는 것이라고. 마치 영화에서 하듯이 말이다. 섹스는 그다지 중요하지 않다. 중요한 것은 그다음이다. 잠을 자고 일어나면, 브리타니가 내 가슴에 머리를 얹고 곤히 잠들어 있었으면 좋겠다. 잠에서 깨어날 때, 브리타니가 내 곁에 있었으면 좋겠다.

그러고 나서 4월 초에 아빠가 다음 주말에 후드 강에 있는 친구 오두막에 갈 거라고 말했다. 왕연어를 잡으러. 아빠는 나도 데려가려고 했지만, "숙제가 많아서요."라고 대답하자 포기했다.

그 전 주 토요일에 영화관에서 나는 아무렇지도 않게 브리타니에게 물어보았다. 다음 주말에 어디 갈 거냐고. 브리타니는 아니, 자기가 갈 데가 어디 있겠냐고 대답했다.

나는 하나하나, 모든 계획을 다 세웠다. 브리타니는 부모님한테 토요일 밤에 미건네 집에서 잔다고 할 것. 초를 잔뜩 사서 내 방 곳곳에 놓아둘 것. 앤디네 누나가 기분이 좋으면 포도주도 좀 얻을 수 있겠지. 같이 아침 먹을 것. 러키 참이나 슈가 팝 시리얼을 먹으면 된다. 얼빠진 짓을 해서 브리타니를 웃길 것. 나는 머릿속으로 모든 계획을 다 짜 놓았다.

그런데 그 주 화요일에 브리타니가 말했다, 임신했다고.

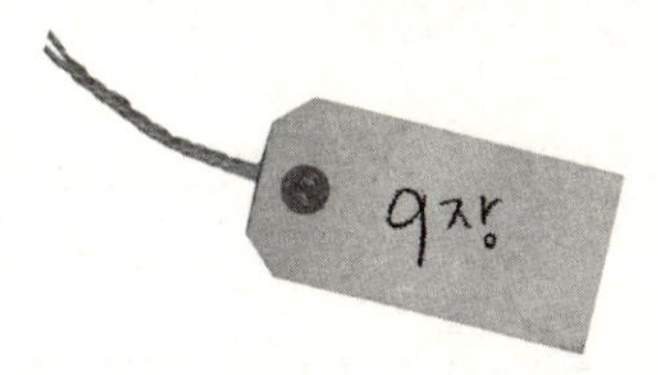

이제 월요일과 수요일은 내가 가장 좋아하는 날이 되었다. 말할 것도 없이. 나는 새로 빨아 놓은 옷이 있는지 살피고는 틈나는 대로 면도를 하고 머리를 가라앉혔다. 그러고 나서 2시 반이 되기를 기다렸다. 클레어는 그 모임을 'SAT 동아리'라고 불렀다. 무슨 특별활동이라도 되는 듯이. 마치 자기한테도 그 모임이 중요하다는 듯이.

나는 학교에서 보내는 시간이 점점 짧게 느껴졌다. 어느새 10월의 첫 번째 수요일이 되었다. 앞으로 네 번밖에 더 못 만난다고 생각하니 기분이 축축 처졌다. 시험을 보고 나면 어떻게 되는 걸까? 계속 클레어를 볼 수 있을까?

그날은 어찌 된 일인지 맥스가 점심시간 중에 잠이 들었다. 왁자지껄한 식당 한복판에서 아기 의자에 달린 식판에 머리를 박고 그대로 곯아떨어졌다. 나는 햄버거를 마저 먹어치우고 맥스를 다시 어린이집으로 데려갔다.

토나와 니콜이 벌써 엉금엉금반에 와 있었다. 토나는 흔들 의자에 앉아 카일리에게 젖을 먹이고 있었는데, 뭘 하는지 안 보이게 담요를 두르고 있었다. 니콜은 다리에 매달려 앙

앙 울어 대는 오거스토를 데리고 분유를 타고 있었다.

나는 여전히 곯아떨어져 있는 맥스를 그네에 앉혔다. 그러고는 내가 무엇을 잘못했는지 여자아이들이 말해 주기를 기다렸지만 헛수고였다. 니콜이 그냥 "안녕, 샘. 잘 있었어?" 하고 인사했다. 오거스토가 더 시끄럽게 울어 댔다.

오거스토 때문에 맥스가 깰 것 같았다.

"인마, 왜 그래?"

나는 오거스토한테 다가가 니콜의 바지 자락에서 손가락을 떼고는 녀석을 안아 올렸다. 오거스토가 울음을 뚝 그치고 내 품에 기대 무척 진지하게 쳐다보았다.

토나가 담요 속에서 카일리의 자세를 바로잡으며 물었다.

"샘, 너랑 제마는 오후에 뭘 하는 거니?"

나는 오거스토한테서 눈길을 떼지 않고 말했다.

"공부해. SAT 동아리."

니콜이 젖병에 우유를 다 채워 넣고 끼어들었다.

"아, 그거. 해리먼 선생님이 나한테도 얘기했어. 하지만 말도 안 되지. 난 세 시까지 일하러 가야 하는데."

그러고는 전자레인지에 젖병을 넣었다. 오거스토가 몸을 내밀고 젖병이 빙글빙글 돌아가는 모습을 지켜보았다.

토나가 말을 받았다.

"난 그런 걱정은 안 해도 돼. 졸업하면 군대 갈 거거든."

니콜과 나는 동시에 돌아서서 토나를 쳐다보았다.

내가 물었다.

"군대라고? 진짜?"

"응. 카일리는 가렛 어머니가 돌봐 주실 거야."

토나의 얼굴이 살짝 구겨졌다.

"카일리가 너무너무 보고 싶겠지."

니콜이 대꾸했다.

"좋은 일이네. 너네 식구들 모두한테."

그러고는 팔꿈치로 나를 쿡 찔렀다.

"그럼. 정말 좋은 일이야."

전자레인지에서 땡 소리가 나자 오거스토가 신이 나서 꺄아 소리쳤다. 내가 오거스토를 그네에 앉히자 니콜이 젖병을 물렸다.

나는 니콜에게 물었다.

"넌 졸업하면 뭐 할 거야?"

"응, 주립 전문 대학에 유아 교육과가 있어. 호르헤가 아기를 봐 주면, 야간 강의를 많이 들을 수 있을 거야."

니콜이 나를 슬쩍 쳐다보았다.

"난 어린아이들을 돌보는 일을 하고 싶거든. 이런 거 말이야. 맥퍼슨 선생님처럼."

나는 고개를 끄덕였다.

"그렇게 될 거야. 넌 틀림없이 잘 할 거야."

니콜이 싱긋 웃고는 몸을 숙여 오거스토에게 담요를 둘러 주었다. 오거스토는 벌써 눈을 반쯤 감은 채 젖병을 쪽쪽 빨고 있었다.

"집에서는 거의 젖병을 뗐어."

니콜은 그렇게 말하고는, 고개를 젖히고 입을 헤 벌린 채 그네에 축 늘어져 있는 맥스를 보았다.

"맥스는 컵으로 마시지?"

"아, 응."

맥스는 내가 사다 준 컵을 싫어했다. 줬다 하면 바닥에 내동댕이쳤다.

니콜이 거짓말인 줄 뻔히 안다는 듯이 말했다.

"젖병에 너무 의지하게 해선 안 돼."

"그럼."

나는 그렇게 말하고 나서 맥스의 모습을 떠올렸다. 열여섯 살, 친구들과 어울려 다니는 나이에 아직도 젖병을 빨고 다니는 맥스를. 아무래도 오늘 밤에 다시 컵을 줘 봐야겠다.

토나가 카일리를 떼어 내고 자리에서 일어섰다.

"샘, 너는? 졸업하면 뭐 할 건데?"

나는 아직 젖병 생각에 빠져 있던 터라 잠시 머뭇거렸다.

"뭐? 아. 공사장에 나갈까 하고."

토나가 얼굴을 찡그렸다.

"그럼 왜 SAT를 보려는 건데?"

문이 열리고, 클레어가 들어왔다. 에밀리를 어깨에 받쳐 안고 있었다. 클레어는 토나와 니콜을 보고 생긋 웃고는 내 쪽으로 돌아섰다.

"샘, 제마가 병원에 가야 돼서 오늘 SAT 동아리에 못 나온대."

"어, 저런. 안됐다."

하지만 나의 뇌는 제마가 없다! 그렇지! 하고 소리치고 있었다.

클레어가 말했다.

"그래서 말인데, 우리 집에 가면 어떨까 해. 더 편하니까."

"너네 집에?"

나는 목소리가 조금 높아졌다. 나는 니콜이 토나를 쳐다보는 것을 보고는 여기서 이런 얘기를 하지 말았으면 싶었다. 나는 헛기침을 했다.

"너네 집에서 모여도 돼?"

"응. 안 멀어. 바로 코네스토가에 있는걸."

내가 마지막으로 여자애 집에 간 것은 브리타니네 집에 갔을 때였다. 그리고 그때는 공부를 하러 간 것도 아니었다.

클레어가 말했다.

"무슨 생각하는지 알지만, 걱정 마. 공부 많이 할 수 있어. 여동생이 아기들을 돌봐 줄 거거든."

맥스. 맥스 생각은 나지도 않았다. 왜 나는 보통 애들처럼 학교 끝나고 친구 집에 가지도 못하는가.

내가 말했다.

"그래, 그러자. 너네 집에서 공부하자."

학교가 끝나고 나는 클레어의 주황색 폭스바겐을 따라 클레어네 집으로 차를 몰고 갔다. 그러고는 맥스와 기저귀 가방과 내 책가방을 꺼내 들고, 현관에서 기다리고 있던 클레어에게 갔다. 에밀리는 울고 있었다. 큰 소리로.

클레어가 말했다.

"어서 들어와."

클레어네 집은 들어가면 바로 거실이 나오는 구조의 집이었다. 거실은 그네, 보행기, 요람, 담요 위에 쌓인 딸랑이와 동물 인형 등 아기 물건들로 발 디딜 틈이 없었다.

나는 "우아." 하고 말했다. 맥스가 내 품에서 빠져나가려고 버둥거렸다. 구석에 있는 플라스틱 미끄럼틀을 본 것이다. 그야말로 아기 천국이었다.

클레어가 말했다.

"나도 알아. 미쳤지?"

그러고는 에밀리를 소파에 앉혔다. 에밀리가 더 크게 울어 댔다.

"엄마랑 할머니가 주말마다 벼룩시장에 가거든."

맥스가 하도 버둥거리며 내려가는 바람에 이제 나는 녀석의 겨드랑이를 잡고 있었다.

"맥스가 여기서 좀 놀아도 될까?"

"그럼. 아무 데나 내려놔."

클레어는 재킷을 벗고 에밀리의 스웨터와 모자를 벗겼다.

나는 미끄럼틀 옆에다 맥스를 내려놓았다. 맥스가 혼자서 미끄럼틀 양쪽 난간을 잡고 일어섰다. 우리 집에는 그저 내 방에 있는 아기 침대랑 부엌에 있는 식탁용 아기 의자밖에 없었다. 아기 소파도 없어서 자동차 안전 의자를 갖다가 쓰고 있었다. 내가 물었다.

"너네 아빠는 이런 것들…… 신경 안 써?"

"아빠는 나랑 동생보다 에밀리를 더 좋아해."

나는 클레어를 쳐다보았지만, 클레어는 웃고 있었다. 클레어가 에밀리를 무릎에 앉히고 셔츠 속으로 손을 넣었다. 언뜻 하얀 것이, 클레어의 하얀 젖가슴이 보였다.

클레어가 말했다.

"나, 정말이지, 진짜로 에밀리 젖 먹여야 되거든."

"그래, 해. 괜찮아."

나는 돌아서서 맥스의 스웨터를 벗겼다. 그러고는 맥스가 미끄럼틀 계단을 올라가게 도와주었다.

아마 9학년이었다면 50달러를 내고서라도 클레어 베일리의 가슴을 보았을 것이다.

나는 맥스가 미끄럼틀을 내려올 수 있게 도와주었다. 맥스는 바닥에 쿵 미끄러지고도 몸을 벌떡 뒤집더니 다시 계단으로 기어갔다.

어쨌든 이제 에밀리는 더 이상 울지 않았다.

클레어가 물었다.

"신경 쓰이는 거 아니지?"

나는 재빨리 슬쩍 돌아보았다. 클레어는 에밀리와 그 밖의 모든 것들을 담요로 감싸고 있었다. 나는 돌아섰다.

"전에도 본 적 있어."

클레어는 씩 웃었다.

"엄청 봤겠지. 얘기도 많이 들었고."

"진짜라니까."

클레어가 "있잖아." 하고 말을 꺼냈다.

"나, 계속 사과하려고 했었어. 우리 처음 만났던 날 말이야. 내가 너무……."

클레어가 웃음을 터뜨렸다.

"아기처럼 굴었지."

"괜찮아. 난 신경 안 썼어."

나는 맥스가 다시 계단을 올라가게 도와주었다.

"이젠 말이야, 마음도 훨씬 느긋하고 침착해졌거든. 어쩜 이렇게 자연스러운지 믿어지지 않아."

나는 고개를 끄덕이며 클레어가 무슨 말을 하는지 조금이라도 알아들은 표정을 지으려고 했다.

"그래, 되게 자연스러워 보여."

클레어는 마치 대단한 칭찬이라도 들은 것처럼 환히 웃었다. 예쁘다거나 뭐 그런 말을 들은 것처럼.

그러자 아주 잠깐이었지만 나는 터무니없는 생각을 했다. 아마 머리가 잠시 돌아 버린 모양이다. 클레어는 에밀리한테 젖을 주고 있었고, 맥스는 미끄럼틀을 오르고 있었다. 멍청하게 굴지 마, 샘. 나는 아주 짧은 순간 여기에 우리만 있을지도 모른다는 생각이 들었다. 클레어의 입꼬리가 더 올라가고 눈이 더 동그래졌다. 어쩌면 여동생이 온다는 건 다 꾸며낸 말인지도 모른다.

아니면 이 모든 것이 내 머릿속에서만 있는 일이거나. 내가 미쳤다고 클레어까지 그렇단 법은 없으니까.

그때 쾅 하고 현관문이 열렸다. 열세 살쯤 되는 여자아이가 안으로 뛰어 들어왔다. 클레어처럼 기다란 검은 머리를 빗어 넘겨 하나로 굵게 땋은 여자아이였다. 여자아이가 목청껏 소리쳤다.

“나 왔어!”

클레어가 말했다.

“어휴, 나탈리.”

나탈리는 엄청나게 큰 책가방을 문 옆에다 쿵 집어 던졌다. 그러고는 맥스 녀석을 발견했다.

“어머, 애가 또 있네!”

맥스가 이와 침을 드러내 보이며 해죽 웃었다. 그러고는 두 발로 발딱 일어섰다.

“어버버.”

“어머, 어머! 말도 하네! 이름이 뭐야?”

나탈리가 아기 물건들을 헤치고 다가왔다.

내가 대답했다.

“맥스야.”

나탈리는 그때까지 나를 쳐다보지 않았고, 내가 그렇게 말했을 때도 쳐다보지 않았다.

“맥스.”

나탈리는 그렇게 말하고는 처음 보는 개한테 하듯이 앉아서 손을 내밀었다.

“안녕, 맥스. 맥시, 맥스맥스. 몇 개월이야?”

“11개월 다 됐어.”

“걸어 다녀?”

“아직.”

내 말이 틀렸다고 증명이라도 하듯, 맥스가 미끄럼틀을 놓고 나탈리 쪽으로 비틀비틀 두 발짝 떼었다.

“어머나, 금방 걷겠다. 척 보면 알겠네.”

심지어 꼬마도 나보다 많이 알고 있었다.

클레어가 말했다.

“나탈리 말에 신경 쓰지 마, 샘. 쟤는 아기들한테 좀 빠져 있거든.”

나탈리가 맥스를 안아 올리며 말했다.

“난 소아과 의사가 될 거야.”

“나탈리, 아기 좀 봐 줘, 알겠지? 우리 공부할 동안.”

나탈리는 “알았어.” 하고 대꾸했다.

클레어가 나를 보았다.

“냉장고에 콜라 있어, 샘. 부엌에서 공부하자. 이거 끝나는 대로.”

“그래.”

나는 갑자기 거실을 어지럽히는 또 하나의 물건이 된 것만 같았다.

부엌에도 아기 물건이 있었다. 식탁용 아기 의자에, 그네 하나 더, 보행기 하나 더. 마치 에밀리가 세쌍둥이나 네쌍둥이라도 되는 것 같았다.

나는 콜라 병을 집어 들었다. 그러면서 나탈리가 정말로 나타난 것을 애써 기뻐하려고 했다. 그리고 클레어도 나탈리가 와서 기뻤을지 궁금해하고 있는데, 갑자기 뒷문이 열리더니 잿빛 곱슬머리에 까만 정장 차림을 한 아주머니가 걸어들어 왔다.

나는 그 자리에서 50센티미터쯤 뛰어올랐다.

"에밀리도 잠깐은 얌전히 있을 거야."

클레어가 바지 속에 셔츠를 집어넣으며 부엌으로 들어왔다. 그러고는 문간에서 멈추어 섰다.

"엄마!"

클레어 엄마의 눈썹이 클레어하고 똑같이 올라갔다.

"흠, 무슨 일이냐?"

아무 일도. 아무 일도 아녜요, 하고 나는 생각했다. 하지만 그렇게 말하지는 못했다.

클레어가 말했다.

"얘는 샘 페티그루야. 같이 SAT 공부하고 있어, 엄마. 기억나? 정말 좋은 생각이라고 했었잖아."

클레어 엄마가 말했다.

"응, 클레어, 기억나. 그런데 왜 여기 있는 거니?"

"제마가 오늘 안 나왔는데, 여기서 하는 게 더 편하거든."

클레어는 마치 두 살짜리 아이한테 설명하는 듯이 말했다.

"엄만 어쩐 일인데?"

클레어 엄마가 이마를 문질렀다.

"손님이 약속을 취소했어. 에밀리는? 젖은 먹였니?"

"응, 그럼."

"엎어 놓진 않았지? 너도 알다시피……."

"엄마. 에밀리 고속도로 한가운데다 버렸어. 이제 속 시원해? 잠시 나탈리가 봐 주고 있어."

"알았다, 알았어."

클레어 엄마가 나를 흘낏 쳐다보고는 다시 눈길을 돌렸다.

"인터넷 찾아봤더니, 흥미 있는 사이트들이 좀 있더라. 고 형식에 대해 좋은 정보가……."

"엄마."

"밤에 잠을 잘 자려면……."

"엄마."

엄마라고 말할 때마다 클레어의 목소리가 높아졌다.

클레어 엄마가 두 손을 쫙 펼쳐 보였다. 그러고는 다시 "알았다, 알았어."라고 말했다.

"나도 나탈리를 거들어 줘야겠네."

그러더니 나를 보고 싱긋 웃었다.

"만나서 반가웠다, 애덤."

내가 말했다.

"샘입니다."

클레어 엄마는 고개를 끄덕였다.

"아, 그래. 그럼 너희 둘은 공부해."

그러고는 부엌에서 나갔다.

클레어가 "어유." 하며 몸서리를 쳤다.

"어휴, 나를 완전히 바보 취급한다니까."

하지만 나는 그 자리에 우두커니 서서 마음속으로 얼마나 좋을까 하고 생각하고 있었다. 인터넷을 찾아 주는 사람이 있으면 얼마나 좋을까. 아기를 눕혀 놓아야 한다는 걸 아는 사람이 있으면 얼마나 좋을까.

"그래. 네가 얼마나 달달 볶일지 알겠다."

나는 그렇게 말하고, 클레어와 함께 30분 동안 단어 유추 문제를 풀었다. 그러고 나서 아빠가 찾을 거라는 핑계를 대며 맥스와 함께 우리 집으로 돌아왔다.

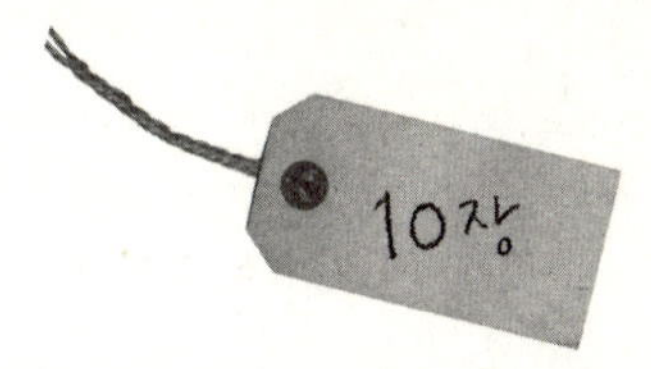

　SAT를 보려면 아침 8시까지 윌러멧뷰 고등학교에 가야 했다. 아빠한테는 학교에서 할 일이 있다고 말했다. 봉사 활동을 한다고.

　나는 7시 15분에 진 고모네 집으로 맥스를 데려갔다. 고모네 집에 갈 때는 늘 뒷문을 지나 곧장 부엌으로 들어간다. 사실 현관문이 열려 있기나 한지 모르겠다. 고모는 청바지와 스웨터를 입고 식탁에 앉아 신문을 보면서 우리를 기다리고 있었다. 고모와 고모부는 벌써 아침을 다 먹은 뒤였다. 설거지한 접시들이 물을 뚝뚝 흘리며 개수대 옆에 놓여 있었다. 아마 고모는 바닥에 걸레질도 다 하고 화장실 청소까지 해 놓았을 것이다.

　고모가 맥스에게 팔을 내밀었다.

　"우리 강아지, 이리 온."

　맥스는 내 품에 안긴 채 고모에게 팔을 뻗으며 활짝 웃었다. 입가에 침을 질질 흘리면서. 고모는 맥스를 꼭 끌어안고 나를 보며 웃었다.

　"날 기억하나 봐, 그치?"

"아유, 그럼요."

나는 맥스가 누구한테나 그렇게 한다는 얘기는 하지 않았다. 맥스가 지저분하고 얼빠진 폭주족 품 안으로도 뛰어들 거라는 얘기는.

나는 식탁에 기저귀 가방을 내려놓았다.

"이거, 기저귀랑 여벌 옷이에요. 점심때 먹일 시리얼이랑 과일도 들어 있어요. 우유도 두 병 타 놓았고, 분유도 따로 넣어 뒀어요."

나는 손으로 머리를 쓸어 올리면서 가방에 뭐가 들었는지 곰곰이 되짚었다.

"또 시리얼도 들어 있어요. 고모네 집에 시리얼이 있는지 어떤지 몰라서요."

고모는 고개를 끄덕이며 빙긋 웃고는 맥스의 머리에 얼굴을 꼬옥 갖다 댔다. 고모가 앞뒤로 흔들흔들 흔들어 주고, 맥스는 고모 품에 편안히 안겨 있었다.

"안전 의자도 두고 갈게요. 어디 나가실지도 모르잖아요."

나는 바닥에 안전 의자를 내려놓았다. 갑자기 안전 의자도 기저귀 가방도 맥스도 없으니, 손이 가볍고 허전했다. 나는 주머니에 손을 쑤셔 넣었다.

"이따가 점심때까지는 돌아오겠지만, 확실하지는……."

고모가 맥스를 흔들다가 멈추었다. 그러고는 내 팔에 한 손을 얹고 내 얼굴을 올려다보았다.

"있을 만큼 있다 와, 샘. 우리 걱정하느라 서두르지 말고."

어느새 테드 고모부가 거실 문간에 서 있었다.

"저어, 맥스를 돌봐 주셔서 고맙습니다. 정말 고맙습니다."

나는 턱을 살짝 들어 보이며 고모부에게도 고마운 마음을 전했다.

고모부는 빙그레 웃으며 한 손을 흔들었다.

"걱정 마라, 샘."

우리 친척들 사이에 이런 농담이 있다. 테드 고모부는 1년에 스무 마디밖에 못한다고. 그런데 방금 나한테 세 마디나 썼다.

고모가 내 팔을 꽉 잡았다.

"넌 시험만 생각해."

그러고는 아주 부드럽게 말했다.

"알지? 너네 엄마도 늘 네가 대학에 가길 바랐어, 샘."

"네. 알아요."

나는 고모를 보며 씨익 웃고는 서둘러 자리를 떴다.

윌러멧뷰 고등학교 주차장으로 들어가자 찬바람이 세차게 불었다. 나는 잠시 차 안에 앉아 국기 게양대에 밧줄이 탁탁 부딪치는 모습을 바라보았다. 마음속으로 도대체 이게 무슨 바보 같은 짓인가 생각하면서. 이대로 의자를 젖히고 네 시간 동안 쿨쿨 자 버리면 얼마나 좋을까 생각하면서. 맥스를 안고 있는 진 고모를, 그리고 문간에 서서 말없이 웃고 있던 테드 고모부를 생각하면서. 맥스가 얼마나 행복해 보였는지 모른다.

나는 차에서 내려 바람에 떠밀리듯 주차장을 지나 학교 현관으로 갔다.

오랫동안 그 안으로 들어가 보지 않았다. 그 커다란 창문들과 햇빛을, 나는 까맣게 잊고 있었다. 벽에 서 있는 자판기들도. 오늘은 닫혀 있는 커피 판매대도, 나는 잊고 있었다. 무도회다 운동 경기다 동아리 모임이다 선전하며 곳곳에 붙어 있던 포스터들도, 나는 까맣게 잊고 있었다.

현관 안에는 시험장으로 들어가려는 아이들이 한 줄로 길게 늘어서 있었다. 대부분 이 학교에 다니는 아이들이 아니었다. 그저 시험을 보러 온 것뿐이다. 나처럼. 그래도 윌러멧 뷰에 다니는 아이들도 더러 있었는데, 그 가운데 몇몇은 눈에 익은 아이들이었다.

제마나 클레어의 모습은 보이지 않았다.

갑자기 문이 열리며 발뒤꿈치에 쾅 부딪쳤다.

"어이, 비켜."

머리를 하얗게 탈색하고 혀에 징을 박은 여자아이가 나를 밀치고 지나갔다.

나도 그 아이를 따라 줄 맨 끝에 섰다. 내가 맨 앞이 되자, 한 아주머니가 웃는 얼굴로 수험표를 받아 보고는 배정된 교실을 알려 주었다.

"23A 교실이다. 복도에 안내해 줄 사람이 있단다."

2학년 때 23A 교실에서 국어 수업을 들었다. 나는 "어딘지 알아요." 하고 대꾸했다.

예전에 모의고사를 본 적이 있는데도, 나는 도대체 무슨 생각을 하고 있었는지 모르겠다. 아마도 쭉 우리끼리만 공부해 와서 그랬던 것 같다. 지난 몇 주 동안 나와 클레어와 제마뿐이었기 때문에 오늘도 우리뿐일 거라고 생각하고 있었나 보다. 우리끼리만 어디 한 교실에 있을 거라고 말이다.

나는 23A 교실로 들어갔다. 벌써 아이들이 와 있었다. 앤디도 거기 있었다.

앤디는 나를 보고는 잠시 놀란 표정을 지었다. 깜짝 놀란 표정을. 하지만 곧 씨익 웃으면서 자기 뒷자리를 가리켰다.

나는 거기로 가서 앉았다.

"앤디. 잘 지내나?"

그러자 나는 앤디의 미식축구 경기를 보러 가지도 않았고, 그 뒤로 전화도 하지 않았으며, 전화를 하고 싶지도 않았다는 사실이 떠올랐다.

앤디가 돌아보았다. 앤디는 머리를 바싹 깎아서 까만 잔털만 남아 있었다. 그 때문에 나이가 더 들어 보였다. 나는 문득 앤디 눈에는 내가 어떻게 보일까 싶었다.

앤디가 말했다.

"너도 올 줄 몰랐는걸."

나는 어깨를 으쓱했다.

"아. 뭐."

나는 계산기와 HB 연필 두 자루를 꺼내 책상 위에 가지런히 놓았다.

교실 앞에서 시험관이 말했다.

"이제 시작한다. 그만 떠들어."

앤디가 앞으로 돌아앉았다.

첫 과목이 수학이라서 다행이었다. 망할 놈의 언어 영역부터 풀었다면 당장 때려치우고 말았을 것이다. 하지만 수학은 좋았다. 숫자를 다루면서, 숫자들이 스르르 미끄러지다가 짤깍 맞아 떨어지는 것을 느끼면서 시간을 보내는 게 좋았다. 문득 수학이 재미있었던 순간들이 새록새록 떠올랐다.

나는 수학 덕분에 그럭저럭 언어 영역을 헤쳐 나갈 수 있었다. 마지막 문제만 빼고. 플로렌스의 여성 과학자들이 나오는 긴 문제에서 꽉 막혀 버렸다. 아니면 이름이 플로렌스인 여성 과학자였던가. 대체 무슨 말인지 종잡을 수가 없었다. 나는 앤디의 뒤통수를, 희고 깨끗한 목을 따라 도드라지게 난 검은 머리를 빤히 바라보았다. 그러고는 클레어가 대학에 가는 것이 에밀리한테 좋다고 하던 말을 떠올렸다. 그리고 아주 잠깐 동안 내가 대학에 가는 생각을 해 보았다. 어쩌면, 어쩌면 어떻게든 해 볼 수 있지 않을까 하고. 나와 맥스를 위해.

나는 시험이 끝나고 나서 앤디와 같이 걸어 나왔다. 앤디는 고개를 절레절레 저으며 나지막이 투덜거렸다.

"'균등 : 등량'. 대체 '등량'이 무슨 뜻이냐?"

"그거 그냥 답 안 쓴 것 같아."

"나도."

앤디가 고개를 절레절레 저었다.

"수학 마지막 부분도 그래. 우리가 그런 걸 어떻게 아냐?"

그러면서 나를 쳐다보았다.

"넌 제대로 풀었겠지. 수학 도사 샘이니까."

그러고는 말을 잘못했다는 듯이 얼굴을 붉혔다.

나는 후후후 웃음을 터뜨렸다. 이 복도를 다시 걸으면서 앤디와 수다를 떨고 녀석의 말을 들으니 기분이 좋았기 때문이다.

"마지막 부분 짜증 났어."

내가 말하자 앤디의 얼굴이 환해졌다.

“그렇지! 완전히 짜증 그 자체라니까!”

“애들아, 같이 가.”

클레어가 사람들을 비집고 다가와 나에게 물었다.

“어땠어? 잘 했어? 단어 유추는?”

나는 손을 내저었다.

“너는? 기하는 어땠어?”

클레어도 손을 내저었다. 우리는 하하하 웃음을 터뜨렸다.

내가 앤디를 가리키며 말했다.

“앤디 기억나지?”

“그럼.”

클레어가 앤디를 보고 싱긋 웃었다.

“잘 지내니?”

앤디는 나를 쳐다보다가 클레어를 보더니 다시 나를 보았다. 만화였다면 눈이 툭 튀어나오고 턱이 바닥에 쿵 떨어졌을 것이다. 마침내 앤디가 “클레어 베일리.” 하고 말했다. 클레어와 나는 다시 하하하 웃음을 터뜨렸다.

우리는 현관으로 걸어 나왔다.

내가 말했다.

“난 국기 게양대 옆에 주차했어.”

“나도.”

클레어가 말하자 우리는 서로를 마주 보며 씨익 웃었다.

마치 같은 곳에 주차를 한 것이 뭐라도 된다는 듯이.

앤디가 얼굴을 찡그렸다.

"난 체육관 옆에 대 놨어."

그러자 내가 말했다.

"그럼, 내가 나중에 전화할게."

앤디는 "그래." 하고 대꾸했다. 아마도 녀석은 우리가 현관 밖으로 나가는 모습을 지켜보고 있었을 것이다.

우리는 밖으로 나가 인도에서 걸음을 멈추었다. 나는 이대로 차를 타고 가 버리고 싶지 않았다. 이 순간을 조금만 더 잡아 두고 싶었다.

클레어가 물었다.

"왜 그래, 샘? 표정이 이상해."

"그냥 시험 생각 좀 하느라고."

클레어가 바투 다가와 내 몸 뒤에 숨어 바람을 피했다. 클레어의 향수 냄새와 희미한 아기 물휴지 냄새가 스치고 지나갔다.

"버거킹에 가면 어떨까 생각하고 있었어. 뭐, 축하하려고. 아기가 없으니까."

그 말을 듣자마자 그럴 수 없는 온갖 이유들이 떠올랐다. 아빠한테 거실에 청소기를 돌리고 욕실 청소도 하기로 약속했다. 빨래도 해야 되고, 숙제도 있었다. 거기다 맥스까지.

최악의 이유는 주머니에 딱 58센트밖에 없다는 것이었다.

"어젯밤에 아빠가 20달러 줬어. 내가 낼게."

클레어가 더 가까이 다가와 나를 올려다보며, 자기네 집에서 그랬던 것처럼 씩 웃었다.

"알았어. 차 타고 뒤따라갈게."

"아니. 내 차로 가자. 더 재밌게."

이내 클레어의 차 조수석에 앉자, 클레어가 물었다.

"앤디 자주 보니?"

나는 고개를 저었다.

"아니. 거의 안 봐. 으음. 실은 전혀 안 봐."

클레어가 시동을 걸었다.

"어떤지 알아. 나도 예전 친구들 안 만나니까. 다들 임신이 전염이라도 되는 줄 아나 봐. 그게 아니면, 내가 어디 텔레비전 청소년 프로에 나온 아이라도 되는 줄 알거나."

클레어는 우스꽝스럽게 목소리를 높여서 말했다.

"어머, 클레어. 그게 대체 어떤 거니?"

"십대 성관계의 위험을 보여 주는 본보기로군."

우리는 푸하하 웃었다. 나는 안전띠를 맸다.

"버거킹 대신 타코벨(멕시코 음식을 파는 패스트푸드점 : 옮긴이)에 가면 안 될까?"

클레어가 얼굴을 찡그렸다.

"타코벨?"

"타코벨에서 먹어 본 지 진짜 오래됐거든."

나는 타코벨이 그리웠다.

클레어가 내 쪽으로 몸을 수그렸다. 그러고는 내 허벅다리에 손을 올리며 말했다.

"흐음, 오늘 운이 좋구나, 샘 페티그루. 타코벨이다."

"좋아."

하지만 나는 이제 클레어의 손이 내 다리에 놓여 있다는 생각밖에, 이런 것도 얼마나 그리웠던가 하는 생각밖에 들지 않았다.

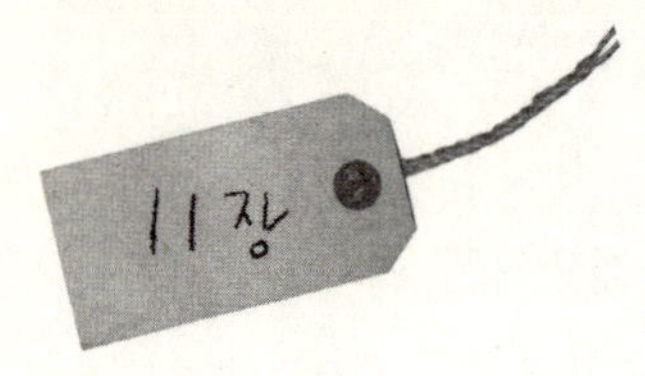

엄마는 마지막으로 병원에서 돌아오면서 병원 침대를 집으로 가져왔다. 엄마는 그걸 가지고 우스갯소리를 하며 침대를 거실에 놓고 침대에 누웠다. 그러고는 내가 버튼을 눌러대며 침대 머리와 발치를 올렸다 내렸다 해도 그냥 내버려두었다. 후후후 웃으면서. 엄마 얼굴이 침대보와 베갯잇처럼 새하얬다. 나도 따라 웃었지만, 나는 그 침대가 너무 무서웠다. 그 침대와 엄마의 희디흰 얼굴이.

진 고모가 코니 고모에게 전화하는 소리가 들렸다.

"집에서 죽고 싶대."

초등학교 4학년은 나한테 썩 좋은 해가 아니었다. 단눈치오 선생님이 담임선생님이었는데, 아이들은 선생님을 '입 냄새' 라고 불렀다. 하지만 그 고약한 입 냄새에도 불구하고 나는 9월 들어 처음으로 아침에 학교에 가고 싶어졌다. 나는 날마다 일찌감치 학교에 갔다.

학교에서 돌아오면 늘 진 고모가 부엌에서 기다리고 있다가 이렇게 말했다.

"가서 엄마랑 얘기 좀 하렴. 엄마한테 오늘 뭐 했는지 얘기해 줘."

거실로 가면 엄마가 빙그레 웃으며 침대 옆자리를 탁탁 두드렸다. 나는 살며시 침대 위로 올라갔다. 엄마한테 부딪치지 않도록, 엄마가 얼굴을 일그러뜨리며 숨을 헐떡이지 않도록 조심조심.

"맨 처음부터 얘기해 줘."

엄마 말에 나는 그렇게 했다.

"맨 처음에, 학교에 갔어."

나는 이따금 엄마한테 내가 한 숙제나 그림을 보여 주기도 했다. 엄마가 고단해서 눈을 감으면, 엄마 눈꺼풀에 선이, 내 공책에 그어져 있는 것 같은 파란 선이 보였다. 며칠 뒤부터 우리는 더 이상 침대 버튼을 누르지 않았다.

진 고모가 "샘, 이제 엄마 침대에 올라가면 안 돼."라고 말했을 때, 나는 기뻤다. 그리고 내가 기뻐한다는 사실이 미안했다.

그 마지막 날 아침, 잠에서 깨어나 보니 진 고모와 아빠가 거실에 있었다. 아빠가 엄마 손을 잡고 엄마를 내려다보고 있었다. 엄마가 숨을 쉬는 소리가 거실을 가로질러 들려왔다. 이제까지 엄마가 그렇게 숨 쉬는 걸 들은 적이 없었다. 아빠가 코를 골 때 나는 소리처럼 크고 메마른 소리였다.

나는 크게, 툭툭 끊기는 숨소리보다 더 크게 소리쳤다.

“나, 학교에 늦을 것 같아.”

진 고모와 아빠가 나를 보았다.

아빠가 말했다.

“샘……..”

아빠가 고모를 쳐다보고는, 헛기침을 했다.

“샘, 오늘은 학교 안 가도 될 것 같다.”

나는 고개를 저었다.

“안 돼. 가야 돼. 오늘 받아쓰기 시험 본단 말이야. 빠지면 안 돼.”

그래서 진 고모가 학교까지 나를 태워다 주었다.

학교에 갔다가 집에 돌아오자 간호사가 와 있었다. 간호사가 엄마 옆에 서서 엄마의 머리를 쓰다듬고 있었다. 아빠는 여전히 엄마 손을 잡고 있었지만, 부엌 의자를 침대 옆에 바짝 붙여 놓고 앉아 있었다. 엄마는 여전히 커다랗게, 커다랗게 숨을 쉬고 있었다.

아빠가 속삭이듯 물었다.

“우리 목소리가 들릴까요? 우리가 있다는 걸 알까요?”

간호사가 계속 엄마의 머리를 쓰다듬으며 대답했다.

“깊은 혼수상태에 빠져 있어요. 하지만 우리가 여기 있는 건 알 것 같아요.”

나는 간호사에게 우리 엄마 좀 그만 만지라고 말하고 싶었다. 우리 집에서 나가라고 말하고 싶었다.

갑자기 주위가 조용해졌다. 식식거리던 숨소리가 멎은 것이다. 나는 거기 서서 문틀에 매달려 있었는데도 그 침묵 속으로 거꾸러지는 것 같았다.

엄마가 헐떡이며 한숨을 내쉬자, 숨소리가 다시 이어졌다.

간호사가 속삭였다.

"이제 얼마 안 남았어요."

하지만 많이 남아 있었다. 그날 오후 내내, 그리고 저녁까지도, 집 안 어디를 가든지 엄마 숨소리가 들렸다. 더 안 좋은 것은 숨소리가 들리지 않을 때였다. 나는 엄마 아빠 방에 가서 아빠 쪽 침대에 누워 디스커버리 채널을 보았다. 오소리가 나오는 프로였다.

아빠가 들어와서 잠시 거실로 나오겠냐고 물었다. 나는 고개를 저었다. 그러자 고모가 들어와서 뭐 필요한 것 없느냐고 물었다. 나는 다시 고개를 저었다.

그날 밤 늦게 진 고모가 손님방에 자러 가자, 나는 거실로 나갔다. 불빛이라고는 아빠가 밤에 돌아다닐 수 있도록 텔레비전 옆에 놓아 둔 전등 불빛뿐이었다. 내가 예전에 쓰다가 밤에 불을 켜지 않아도 될 만한 나이가 되자 줄곧 화장실 선반에 넣어 두었던 전등이었다.

아빠는 한 팔로 얼굴을 가리고 소파 위에 잠들어 있었다.

또 한 팔은 마루 위로 축 늘어져 있었다. 너무 지쳐서 꼼짝도 못하고 그대로 쓰러진 것 같았다. 소파가 아빠한테는 너무 작았다.

나는 가만히 서서 아빠가 정말로 잠들었는지 살폈다. 그러고는 병원 침대까지 걸어가서 침대 밑으로 기어들어 갔다. 나는 침대 밑에 누워, 침대를 오르내리게 하는 와이어와 상자 모양의 부품들을 올려다보았다. 그러고는 조용히 숨소리를 세어 보았다.

"하나, 둘, 셋."

엄마가 멈추면 나도 멈추고, 처음부터 다시 세었다.

"하나, 둘, 셋."

나도 엄마 숨소리에 맞추어 숨을 쉬었다.

이튿날 아침에 일어나 보니 내 방이었다. 나는 늦잠을 잤다. 책상 가득 비치는 햇빛을 보면 알 수 있었다. 집 안은 너무, 너무 조용했다.

가르시아 선생님이 월요일에 내가 앉아 있는 컴퓨터 책상에 잠깐 들렀다. 선생님이 내 옆에 쪼그리고 앉자 키가 확 줄어들어서 책상 위로 겨우 보일락 말락 했다.

선생님이 소곤거렸다.

"SAT는 어땠어, 샘?"

나는 잠시 기억을 더듬었다.

"수학은 괜찮았던 것 같아요."

고모네 집에 돌아가 보니 맥스가 울고 있었는데, 고모 말로는 열이 있는 것 같다고 했다. 결국 맥스를 병원에 데리고 갔더니 중이염이라고 했다. 맥스는 토요일 밤에도, 일요일 밤에도 잠을 푹 자지 못했다.

가르시아 선생님이 고개를 끄덕이며 빙긋 웃었다.

"잘됐네."

그러고는 화면을 가리켰다.

"샘, 알다시피 너한테서 한동안 아무 얘기도 못 들었어."

"네, 알고 있어요."

나는 화면을 뚫어지게 바라보았다. 화면에 숫자와 기호가

가득했다. 나는 하나도 이해가 되지 않았다. 수학 수업에서 이렇게 바보가 된 적은 없었다.

"내일까지는 진도가 좀 나갈 거예요."

선생님이 빙긋 웃었다.

"어렵지?"

선생님은 아주 흐뭇해 보였다. 마치 샘 페티그루를 더욱더 비참하게 만들 방법을 찾아서 굉장히 기쁘다는 표정이었다.

나는 손을 뻗어 모니터를 껐다.

"어려워서 그런 게 아녜요. 그냥…… 아시잖아요……. 만약 저한테……."

'만약 저한테 맥스가 없었다면' 이란 말이 목까지 찼다. 나는 숨을 훅 들이마시며 자판 위에 놓인 손가락을 내려다보았다.

"만약 저한테 할 일이 이렇게 많지 않았다면, 여기에도 신경 쓸 수 있었을 거예요."

선생님이 일어서서 내 어깨에 손을 얹었다.

"도움이 필요하면 말해."

그날 밤 맥스에게 으깬 완두콩을 떠먹이면서 정치 교과서를 읽고 있는데 전화벨이 울렸다.

"안녕, 나야."

클레어였다. 나는 귀와 어깨 사이에 수화기를 끼우고 완두콩 그릇을 쭉 밀어 놓았다.

"응, 잘 있었어?"

"응. 있지, 나한테 좋은 생각이 있어."

클레어는 이런 점이 좋았다. 거의 늘 요점만 말했다.

"뭔데?"

나는 몸을 숙여 젖은 수건으로 맥스를 닦아 주었다.

"이번 토요일에, 맥스랑 에밀리를 데리고 철쭉 공원에 가 볼까 하고."

나는 맥스의 귀에 묻은 완두콩을 닦아 냈다.

"애들 데리고 어디 간다고?"

"철쭉 공원. 얼마나 멋진데. 크고 오래된 철쭉나무 사이로 오솔길이 구불구불 나 있어. 연못은 또 얼마나 큰데."

맥스가 수건을 움켜쥐고 빨아 댔다. 맥스랑 나만 있어도 사람들이 쳐다볼 텐데, 에밀리랑 클레어까지 있다면 과연 어떨까?

"지금 10월이잖아. 꽃도 없을 텐데."

철쭉은 꽃밖에 볼 게 없다는 것쯤은 나도 안다.

"샘, 샘. 꽃이야 물론 없겠지. 하지만 오리는 있을 거야!"

"오리?"

나는 클레어의 말투가 너무 우스워 후후후 웃음이 나왔다. 맥스가 나를 보고는 수건을 입에 문 채 해죽해죽 웃었다.

“오리가 굉장히 많아. 애들이 좋아할 거야.”

나는 에밀리가 덩치 큰 뚱뚱보 오리 녀석이 날아와 자기 머리 위에 철퍼덕 앉아도 무슨 일이 있었는지 모를 거라고 장담한다. 맥스가 수건을 바닥에 던지며 까르르 웃고는 나도 웃고 있는지 살폈다. 맥스라면 오리를 좋아할 것이다.

“정말 그럴까?”

클레어가 대답했다.

“오리라면 확실해.”

나는 클레어가 말없이 웃고 있음을 알았다. 클레어가 빙그레 웃는 모습이 보였다.

나도 빙긋 웃으면서 대답했다.

“그렇다면야.”

그때 등 뒤에서 차고 문이 열리더니 아빠가 들어왔다.

“그래, 전화해 줘서 고맙다.”

나는 그렇게 말하고 전화를 끊었다.

“누구였니?”

아빠는 문간에 서서 헝겊으로 때 묻은 손을 닦고 있었다.

나는 일어나서 수건을 주워 맥스에게 주었다.

“아무도 아녜요. 그냥 학교 친구요.”

토요일에 클레어와 에밀리가 왔을 때, 나는 이미 맥스를 데리고 나갈 채비를 다 해 놓았다. 가방에는 기저귀와 젖병을 잔뜩 집어넣었다. 코니 고모가 준 유모차도 차고에서 꺼내 먼지와 거미줄을 털어 놓았다.

내가 맥스를 안고 밖으로 나가자 클레어가 운전석에서 폴짝 뛰어내렸다.

"안녕, 애들아. 날씨 정말 좋지?"

클레어가 팔을 쳐들고 고개를 젖혀 해를 보았다. 클레어는 보라색 워싱턴 대학교 스웨터에 새로 산 듯한 꼭 맞는 청바지를 입고 있었다. 잘 어울렸다.

"화창하네."

내가 대꾸하자 맥스가 꺅꺅 소리치며 클레어에게 양손을 흔들었다.

나는 꾸물대지 말고 얼른 갔으면 싶었다. 하지만 내 차에서 폭스바겐으로 맥스의 안전 의자를 옮기는 데 생각보다 시간이 많이 걸렸다. 안전 의자를 똑바로 고정하기가 어려웠다. 에밀리는 벌써 안전 의자에 매여 있었다. 그러고는 내가 안전 의자와 씨름하며 나지막이 욕을 내뱉는 걸 지켜보며 꿈꾸는 듯 멍한 웃음을 띠고 있었다.

클레어가 말했다.

"네가 마음에 드나 보다."

클레어는 맥스를 안고 있었다.

"안전 의자 다루는 솜씨 보고 감탄했나 봐."

"그러시겠지."

나는 그렇게 대꾸하며, 어느 빌어먹을 멍청이들이 이따위 것을 만들었는지…… 하고 들릴 듯 말 듯 욕을 내뱉었다. 마침내 안전 의자를 단단히 고정시켰다.

허리를 펴자 아빠가 현관 앞에 서 있었다.

클레어도 아빠를 보았다.

"아. 샘 아버지시군요."

클레어는 길을 건너가서 맥스를 왼팔로 안고 오른손을 내밀었다.

"클레어 베일리예요."

"아하."

아빠가 클레어와 악수를 나누었다.

"아기들 데리고 오리 보러 가요."

클레어가 맥스를 간질였다.

"오리 좋지, 맥스?"

아빠가 클레어와 맥스를 물끄러미 바라보았다. 그러고는 그 너머로 나를 보며 말했다.

"언제 돌아올 거냐?"

"모르겠어요."

클레어가 대답했다.

"늦진 않을 거예요. 에밀리가 오래 못 버티거든요. 이제 겨우 3개월짜리예요."

아빠가 나에게 말했다.

"이따가 고모네 집에 갈 거라서 말이야. 가서 쓰러진 나무 치우는 것 좀 거들어 주려고."

"알겠어요."

내가 대답하자 클레어가 말했다.

"그 바람 때문 아녜요? 지난 주말에 불었던? 지붕이 날아가는 줄 알았어요."

아빠가 클레어를 내려다보며 "으음." 하고 말했다. 그러고는 나를 보며 "나중에 보자." 하고 말하고는 다시 안으로 들어갔다.

클레어가 맥스를 데리고 폭스바겐 쪽으로 왔다.

"너네 아버지 말 별로 없지, 그렇지?"

"그래."

나는 그곳에 서서 닫힌 현관문을 물끄러미 바라보았다. 아빠가 무슨 생각을 하는지 다 안다. 샘과 웬 여자아이. 하지만 딱히 아빠가 나더러 여자애랑 다니지 말라고 한 적은 없었다. 그런 건 약속에 없었다.

클레어는 거의 남자아이들처럼 기어도 부드럽게 넣고 고속도로에서 제한 속도도 살짝 넘겨 가며 차를 몰았다. 트럭을 탄 어떤 얼간이가 앞으로 끼어들었을 때는 욕을 하며 가

운뎃손가락을 날렸다.

"토론 대회에서 그런 것도 배워?"

내가 묻자 클레어가 씩 웃었다.

"맨 처음에 배우지."

그러고는 백미러로 아기들을 살폈다.

"애들은 못 봤지?"

맥스는 윗옷 왼쪽 소매를 입속에 통째로 쑤셔 넣으려고 했다. 에밀리는 잠든 것 같았다.

내가 대답했다.

"그런 것 같아."

철쭉 공원은 포틀랜드 남동부에 있었다. 가깝지만 아직 한 번도 가 보지 않았다. 클레어가 자갈 깔린 주차장에 차를 대자, 우리는 아기와 유모차와 가방을 몽땅 끄집어냈다. 에밀리의 유모차는 그야말로 최첨단으로, 덮개를 비롯해 온갖 것이 다 달려 있었다. 클레어가 에밀리를 유모차에 태워 안전 띠를 묶고 나서 허리를 폈다.

나는 맥스의 유모차를 만지작거리고 있었다. 왜 그런지 유모차 덮개가 아예 열리지가 않았다. 클레어가 와서 바퀴 지지대를 툭 쳤다. 덮개가 탁 열렸다.

"이건 만날 낀다니까."

내가 말하자 클레어가 고개를 끄덕이며 싱긋 웃었다.

맥스는 척 봐도 기운이 팔팔 넘쳤다. 녀석은 유모차 밖으로 몸을 내밀어 나뭇가지와 조약돌과 에밀리를 잡으려고 버둥거렸다. 그리고 손으로 이것저것 가리키면서 아는 소리란 소리는 다 내며 옹알거렸다.

한 할머니가 입구에서 오리 모이를 팔고 있었다. 우리가 멈춰 서자 클레어가 모이를 샀다. 할머니가 가판대 위로 몸을 숙이고 에밀리와 맥스를 내려다보며 빙긋 웃었다.

"예쁘기도 하지."

그러고는 클레어와 나를 보았다.

"아기 봐 주고 있는 거냐?"

나는 무심코 "네." 하고 대답하려는데, 클레어가 "아, 아녜요. 우리 애들이에요." 하고 말했다.

"너희 애들이라고?"

할머니의 눈썹이 올라간 걸 보니, 열심히 머리를 굴리고 있는 모양이었다. 할머니가 "아." 하고 말했다. 그러고는 다시 "아." 하고 말했다. 할머니가 나를 빤히 쳐다보며 이맛살을 찌푸렸다.

나는 오솔길을 따라갔다. 클레어가 종종 쫓아왔다.

"왜 그래?"

"아무것도 아냐."

클레어가 고개를 저었다.

"샘, 저 할머니가 어떻게 생각하든 뭔 상관이야? 그냥 오리 모이 파는 할머니잖아."

그러고는 에밀리의 유모차를 밀며 앞으로 나아갔다.

"가자. 연못까지 경주다."

연못은 컸다. 작은 호수만 했다. 건너편에는 골프장이 있었다. 촌스러운 스웨터를 입고 더 촌스러운 모자를 쓴 남자들이 막 공을 치려 하고 있었다. 호수 가운데에는 섬이 있고 거기로 가는 나무다리가 놓여 있었다. 오리 두 마리가 하늘에서 빙빙 돌다가 3미터쯤 떨어진 물 위에 첨벙 내려앉았다. 맥스가 꺄꺄 소리치며 까르르 웃어 댔다.

우리는 유모차를 끌고 다리를 건너 섬으로 갔다. 거기에도 나무랑 풀이 있었는데, 물가에 벤치가 있어서 클레어와 나는 유모차를 앞에 두고 벤치에 앉았다.

오리 몇 마리가 떼를 지어 헤엄쳐 왔다. 그러고는 뭔가 얻어먹을 수 있을까 싶어서 꽥꽥거렸다. 맥스가 몸을 한껏 앞으로 내밀었다. 오리들이 "꽥!" 하고 소리쳤다. 그러자 맥스가 "꾸! 꾸!" 하고 되받아 소리쳤다.

클레어가 말했다.

"2개 국어를 하네. 오리 말을 해."

"꾸!"

맥스가 더 크게 소리치자 한순간 오리들이 입을 싹 다물었다.

내가 대답했다.

"그런가 봐."

가끔, 아무한테도 말한 적은 없지만, 나는 가끔 맥스가 너무 멍청해 보이곤 했다. 녀석이 조금 걱정스러웠다. 하지만 지금 이렇게 클레어, 에밀리랑 같이 있으니까 맥스도 제법 똑똑해 보였다. 세련되고, 뭘 좀 안다. 내가 손을 뻗어 간질이자 맥스가 꺄 소리쳤다.

에밀리는 유모차 안에 등을 대고 누워 있었다. 에밀리는 클레어처럼 머리가 검고 눈도 클레어랑 똑같이 커다란 갈색이었다. 아마도 크면 미인이 될 것 같다. 나는 문득 에밀리의 아빠인 트렌트가 어떻게 생겼을까 궁금해졌다.

클레어가 에밀리의 무릎 위에 있는 담요를 만지작거리며 물었다.

"에밀리 춥지 않을까?"

햇볕이 바로 우리 위로 내리쬐고 있었다. 나는 이미 재킷 지퍼를 열어 놓고 있었다.

내가 대답했다.

"괜찮아."

그러자 클레어가 가방을 뒤져 오리 모이 봉지를 꺼냈다. 클레어가 모이를 한 움큼 뿌리자 순식간에 오리 떼가 다섯 배로 불어났다. 오리 때문에 물이 보이지 않을 지경이었다.

맥스가 꺅꺅 소리를 지르며 손뼉을 쳤다.

클레어가 말했다.

"너무너무 밖으로 나오고 싶었어. 주말마다 엄마 때문에 미치겠거든."

그러고는 물끄러미 나를 바라보았다.

"너네 엄마는 돌아가셨지?"

클레어는 그것이 슬프거나 이상한 일이 아니라는 듯이 물었다. 그저 내가 좀 별나서 관심이 간다는 듯이.

나는 오리들을 바라보았다.

"응. 암이었어, 내가 4학년 때."

전에도 이 얘기를, 이렇게 터놓고 한 적이 있었는지 모르겠다. 나는 클레어를 빤히 쳐다보았다.

"어떻게 알았어?"

"응, 중학교 때 누가 말해 줬어."

클레어가 싱긋 웃었다.

"네 얘기를 여기저기 묻고 다녔거든."

"네가?"

"응, 그래."

그리고 우리는 가만히 앉아 마주 보며 소리 없이 웃었다.

"꾸! 꾸! 꾸!"

맥스가 오리들에게 소리쳤다.

클레어가 다시 벤치에 등을 기댔다.

"아빠도 같이 맥스 돌봐 주니?"

"으음. 그게. 운이 좋아. 맥스가 느긋한 애라서. 옆에서 많이 안 도와줘도 돼. 내가 알아서 할 수 있어."

"하지만 아빠가 도와줘도 되잖아."

"아냐. 그런 게…… 아빠는 잘 해 줘. 하지만 맥스는 내가 책임져야지."

맥스가 몸을 앞으로 내밀자 안전띠가 꽉 조였다. 오리를 잡으려다가. 그 순간 나는 문득 지난 8월의 어느 날 밤이 떠올랐다. 맥스는 침대에서 빽빽 울어 대고, 나는 욕실에 앉아 13의 배수로 1000까지 세고 있었다. 그것 말고는 달리 뾰족한 수가 없었으니까. 429까지인가 셌는데, 맥스가 더 이상 울지 않았다. 나는 맥스가 웃고 있음을 깨달았다. 그리고 아빠가 말하는 소리, 우스꽝스러운 목소리로 말하는 소리와 맥스가 자지러질 듯 까르르 웃어 대는 소리가 들려왔다.

내가 말했다.

"아빤 맥스를 좋아해."

클레어가 후우 한숨을 내쉬었다.

"그런가 하면 우리 집에서는 치고받고 싸워야 겨우 에밀리를 안아 볼 수 있지."

클레어는 스웨터 속으로 턱을 집어넣었다.

"온종일 어린이집에 맡겨 뒀다가 집에 가면 나탈리가 같이 놀려고 하지, 아빠가 데리고 산책 나가려 하지, 할머니가 기저귀 좀 갈게 해 달라고 조르지."

나는 웃음을 터뜨렸지만, 클레어는 웃지 않았다.

클레어는 머리를 더 깊이 파묻었다.

"어젯밤에는 엄마랑 내가 막 소리를 질렀어. 시리얼 때문에 서로 소리를 질러 댔다고."

그러고는 고개를 들었다. 클레어의 눈에 눈물이 넘쳐흐르고 있었다. 클레어는 무슨 말이라도 해 달라는 듯 애타게 바라보았다. 뭐라도 해 달라는 듯이.

나는 몸을 숙여 클레어에게 팔을 두르고 입을 맞추었다. 클레어의 입술은 부드럽고 따뜻했다. 그리고 클레어도 나에게 팔을 두르고 키스했다.

"꾸!"

맥스가 소리쳤다.

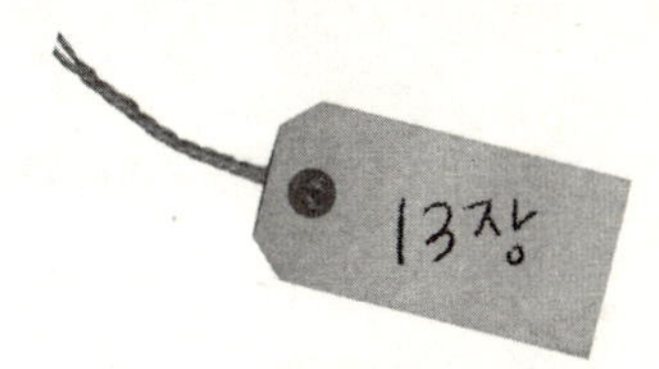

나는 아홉 살 이후로 병원에 가 본 적이 없다. 나는 708호실을 찾는 데 한참이나 걸렸다. 창피해서 어디냐고 물어보지 못했으니까.

병실에는 침대가 두 개 있었다. 문 쪽에 있는 침대는 비어 있었다. 브리타니는 창가 침대에 있었다. 아마도 잠든 것 같았다.

지난 8월에 브리타니네 부모님과 우리 아빠가 마지막으로 '의논'을 하고 난 뒤, 나는 브리타니를 보지 못했다.

내가 방에 들어가자 브리타니가 눈을 떴다.

"응. 왔어."

나는 문간에 그대로 서 있었다.

"너네 어머니가 전화했어. 어젯밤에."

"알아."

나는 방 안을 둘러보았다. 뭐가 뭔지 모르겠다.

"아기는?"

"신생아실에 있어. 내가 기절이라도 할 것 같나 봐. 오늘 아침에는 정말 그럴 뻔했지. 난산이었거든."

“너네 어머니가 그러더라.”

나는 브리타니의 어머니가 어떻게 말했는지 생각하느라 잠깐 멈칫했다.

“그래도 빨리 끝났다면서.”

“아, 그래. 말이야 쉽지.”

나는 침대로 조금 더 가까이 걸어갔다.

“너…… 괜찮은 것 같네.”

전혀 그렇지 않았다. 나는 그때까지 단 한 번도 브리타니가 떡 진 머리에 화장을 하지 않은 모습을 보지 못했다.

복도에서 뭔가가 달각거렸다. 이내 진분홍색 바지에 꽃무늬 셔츠를 입은 간호사가 투명한 플라스틱 상자를 밀고 들어왔다. 상자에는 담요로 싼 뭔가가 들어 있었다. “젖 먹일 시간입니다.” 하고 간호사가 말했다. 그러고는 나를 보고 멈춰 섰다.

“누구시죠?”

나는 입을 열었다가 닫았다.

브리타니가 말했다.

“애 아빠예요.”

그러자 간호사는 나를 만나 정말로 기쁜 듯이 말했다.

“아, 안녕, 아기 아빠! 만나서 반가워요! 자, 아들 좀 보여 드릴게요.”

나는 한 발짝 뒤로 물러났다.

간호사가 허리를 구부려 담요 뭉치를 들어 올렸다.

"저기 의자에 앉아 있어요."

한 발짝 더 떼자 다리가 의자에 부딪혔다. 나는 가만히 자리에 앉았다.

"저기…… 배고프지 않을까요?"

"조금 더 있다가 먹여도 돼요. 아빠를 만나는 것도 무척 중요하거든요."

간호사가 내 앞에서 나를 아래위로 훑어보고 서 있었다.

"미식축구 해요?"

"네, 뭐. 3진이지만. 벤치에 앉아 있을 때가 많죠."

나는 쓸데없이 주절거리고 있었지만, 도무지 멈춰지지가 않았다.

"잘됐네요. 미식축구 공 잡는 거랑 많이 비슷하거든요. 좀 꿈틀거리긴 하지만. 자, 왼팔 좀 구부려 봐요."

나는 간호사가 시키는 대로 했다. 그러자 간호사가 내 팔에 담요 뭉치를 안겨 주었다. 아기를. 담요 끝에 빨갛고 쪼글쪼글한 작은 얼굴이 삐죽 나와 있었다. 아기는 마치 스키라도 타러 갈 듯 파란 뜨개 모자를 쓰고 손에 작은 벙어리장갑을 끼고 있었다. 아기를 안는 것은 미식축구 공을 잡는 것하고는 비교가 되지 않았다.

내 귓속에서 뭔가가 쿵쿵 뛰는 소리가 들렸다. 간호사가 내 어깨에 가만히 손을 얹었다.

"자아, 숨 쉬어요, 아기 아빠. 크게 쉬어요."

그렇게 하니까 조금 나았다. 간호사가 빙그레 웃었다.

"심호흡하는 걸 기억해 둬야겠네요."

나는 나지막이 속삭였다.

"진짜 작아요."

"3.3킬로예요. 딱 알맞은 몸무게죠. 아기 엄마가 정말 잘 해 줬어요."

간호사가 내 어깨를 꼭 잡았다.

"아기 엄마 준비시킬 동안, 잠시만 기다려요."

간호사가 브리타니에게 가자, 모터가 돌아가며 침대 머리를 올리는 소리가 났다. 나는 아기를 가만히 내려다보았다. 눈을 감고, 입을 조그맣게 앙다물고 있었다. 나는 아기의 살갗이 빨간 게 정상인지 물어보고 싶었다. 또 아기가 벌써 눈을 뜰 수 있는지도 물어보고 싶었다. 혹시 강아지나 고양이들처럼…… 바로 그 생각을 하고 있는데, 아기가 눈을 반짝 떴다. 이제껏 한 번도 보지 못한 색, 투명한 청회색이었다. 그건 숫제 색깔도 아니었다. 아기는 나를 보고 놀란 것 같았다. 마치 눈과 입이 이어져 있기라도 하듯, 아기 입이 스르르 열리는 순간 째질 듯이 커다란 울음소리가 터져 나왔다.

나는 하마터면 아기를 떨어뜨릴 뻔했다.

간호사가 허둥지둥 달려왔다.

"아슬아슬했네. 잘 했어요, 아기 아빠. 엄마가 준비 다 됐어요."

간호사가 팔을 내밀자, 나는 무심코 손에 힘이 들어갔다. 녀석은 우습게 생긴 데다 무섭기도 한데. 하지만 나는 간호사에게 순순히 아기를 내밀었다.

간호사는 아기를 브리타니에게 안겨 주고는 침대 옆에서 허리를 숙이고 있었다. 얼마쯤 지나고 나서야 무슨 일인지 알아차렸다. 브리타니가 아기에게 젖을 먹이고 있었다. 간호사가 나지막이 속삭였다.

"아기가 가득 물어야 돼요."

그러자 브리타니가 대꾸했다.

"하지만 아픈 걸요."

두 사람은 온 신경을 기울여 집중하고 있었다. 그 모습을 보니, 문득 앤디와 내가 앤디의 무선 조종 자동차 엔진을 고치려 했던 때가 떠올랐다.

그동안 브리타니의 가슴을 본 적이 없는 것도 아니었다. 그런데도 나는 이제 브리타니의 가슴을 생각하는 것만으로도 왠지 나쁜 짓을 저지르는 것 같았다. 이내 간호사가 허리를 폈다. 몹시 의기양양한 표정이었다.

"젖 빠는 것 좀 봐요!"

나는 창가로 갔다. 밖에서는 새 주차장을 짓고 있어서 기중기가 왔다 갔다 하며 들보를 옮기고 있었다. 등 뒤에서 아기가 꿀떡꿀떡 젖을 먹는 소리가 들렸다. 한참 있다가 간호사가 말했다.

"잘 했어요, 아기 엄마. 이제 아기가 트림하게 등을 두드려 주세요."

이윽고 나는 뒤로 돌아섰다. 그러자 브리타니가 옷을 다 걸치고 아기를 어깨에 받쳐 안고 있었다. 담요는 이미 치워져 있었다. 기저귀와 티셔츠만 입고 있으니, 뭐랄까, 아기는 작은 돌연변이 같았다. 머리가 엄청나게 크고, 팔다리는 터무니없이 길고 가늘었다. 아기의 등이 브리타니의 한 손에 거의 다 들어갔다.

간호사가 나를 보고 생긋 웃었다.

"아빠가 왔으니까, 난 잠시 빠져 줄게요."

그러고는 총총거리며 밖으로 나갔다.

누구도 말이 없었다. 브리타니는 아기를 어깨에 받쳐 안고 있었다. 엉거주춤해 보여서 나는 손을 좀 아래로 내리면 어떻겠냐고 말하고 싶었다. 하지만…… 뭐라고 말하기가 조심스러웠다. 마침내 나는 입을 열었다.

"그래. 대안 학교는 어때?"

브리타니는 한숨을 쉬었다.

"모르겠어. 학교가 괜찮긴 해. 하지만 거기 있으니까 기분이 이상해."

브리타니가 손을 바꿔 안자 아기 머리가 흔들거렸다. 내가 안고 싶었지만, 내가 아기를 세워서 안아도 되는지 알 수 없었다.

브리타니의 엄마가 안으로 들어왔다. 나를 보고는 얼굴을 찡그리며 "아." 하고 말했다. 그러고는 브리타니에게 "무슨 일이냐?" 하고 물었다.

"아무 일도 없어요, 엄마. 다 괜찮아요. 방금 젖 먹였고, 이제 기저귀 갈아 줄 거예요."

브리타니는 그렇게 말하고 침대 옆으로 다리를 내렸다.

"내가 하마."

브리타니의 엄마가 아기를 받아 상자에 넣고 기저귀를 벗기기 시작했다. 아기가 다시 화가 나서 빼액 울음을 터뜨렸다.

브리타니의 엄마가 투덜거렸다.

"이런, 난리 칠 것 없다."

브리타니가 나를 물끄러미 바라보았다.

"너네 아버진 할아버지가 돼서 기쁘겠구나."

사실 아빠한테는 말도 하지 않았다.

나는 "아, 그래." 하고 대답했다.

이내 브리타니의 엄마가 새 기저귀를 채웠다.

"너네 아버지한테도 청구서가 갈 거라고 말씀드려라."

"네."

아기의 자그마한 몸에 기저귀가 너무 커 보였다. 나는 사실 브리타니나 브리타니의 엄마에게보다는 아기에게 말했다.

"저, 설비 가게에 일자리를 얻었거든요. 제가 아버지한테 꼭 갚을 거예요."

"생각보다 많이 나왔다고도 알려 드려."

브리타니의 엄마는 새 셔츠와 담요를 찾고 있었다.

"아버지한테 말씀드릴게요."

브리타니의 엄마가 브리타니의 품에 아기를 안겨 주었다. 그러고는 내가 앉았던 의자에 앉았다. 바깥 복도에서 누군가 말을 하고 있었다. 아기 울음 소리. 남자의 웃음소리가 들렸다. 불현듯 이 방이 나한테 너무 작은 것 같았다. 내가 너무 많은 자리를 차지하고 있는 것 같았다.

나는 헛기침을 했다.

"그래. 이름은 정했어?"

브리타니가 대답했다.

"줄리언 패트릭 에임스."

"줄리언."

브리타니가 얼굴을 찌푸리며 말했다.

"좋은 이름이야. 줄리언 레넌(가수 존 레넌의 아들:옮긴이)
처럼."

나는 너무 감상적인 이름이라고 말해 주고 싶었다. 6학년
이 되면 그 이름을 싫어할 것이다. 하지만 뭐라고 하면 안 될
것 같았다.

"침대 조금만 내려 줄래?"

브리타니의 엄마가 움직이지 않기에 나는 "그래." 하고 대
답했다. 그러고는 장치를 찾아서 침대 머리를 낮추었다. 나
는 문득 브리타니가 이 침대를 어떻게 쓰는지 다 알고 있을
까 싶었다. 침대 머리랑 발치를 올렸다 내렸다 할 수 있다는
것을 알고 있을까. 하지만 브리타니는 몹시 피곤해 보였다.
브리타니가 고개를 돌려 아기를 보았다. 줄리언을. 브리타니
의 엄마는 창밖을 내다보았다.

아무도 내가 병실을 나가는지 몰랐다.

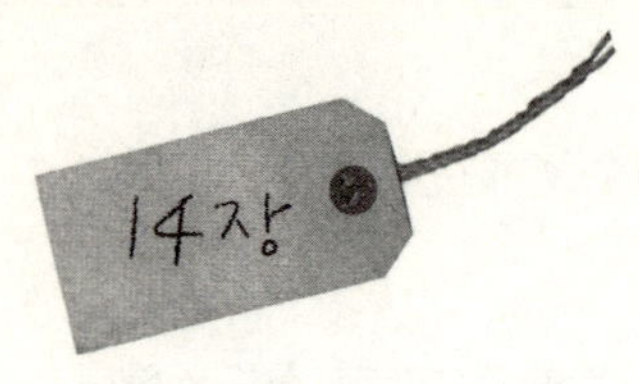

클레어와 나는 우리 집 차도에 폭스바겐을 세워 두고 다시 키스를 했다. 맥스와 에밀리는 오리를 구경하다 지쳤는지 안전 의자에 앉아 잠들어 있었다. 아빠 트럭은 아직 없었다.

나는 기어 위로 몸을 숙이고 운전대를 피해 몸을 틀어야 했다. 번거롭고 불편했다.

하지만 나는 키스도 그리웠다.

그날 밤 10시 30분에 클레어한테 전화가 왔다. 우리는 한 시간도 넘게 이야기를 했다. 나는 나지막이 소리를 낮추어야 했다. 바로 옆 아기 침대에서 자고 있는 맥스를 깨우지 않도록. 그리고 아빠도. 아빠를 깨우기도 싫었다.

그다음 주 수요일은 핼러윈이었다. 나는 어린이집에 들어가자마자 그 사실을 알았다. 사무원이 빅 버드(미국의 어린이 방송 프로그램 〈세서미 스트리트〉의 등장인물로 키가 크고 털이 노란 새:옮긴이) 옷을 입고 있고, 두 돌 난 아기들을 맡고 있는 올드리치 선생님이 모자 쓴 고양이(미국 그림책 작가 닥터 수스의 《모자 쓴 고양이》의 등장인물로 빨간 줄무늬 모자를 쓴 고양이:옮긴이) 옷을 입은 모습을 보고.

올드리치 선생님이 나를 보고 빙긋 웃었다.

"가장행렬 준비 다 했니, 샘?"

기저귀 교환실에서 맥퍼슨 선생님이 타일러를 안고 나왔다. 선생님은 집시 차림이었다. 아니면 노숙자이거나. 타일러는 쿠키 몬스터(《세서미 스트리트》의 등장인물로 쿠키를 좋아하는 파란 털의 괴물:옮긴이)였다. 맥퍼슨 선생님이 내 표정을 본 것 같았다.

"애들 데리고 교실을 돌 거란다. 큰 애들이 좋아할 거야. 너희처럼 아주 다 큰 녀석들 말이야."

선생님이 마지막 말을 덧붙이자 올드리치 선생님이 소리 내어 웃었다.

"월요일에 말했지, 샘. 기억나니?"

기억이 났다면 그냥 집에 있었겠지.

나는 열려 있는 문으로 엉금엉금반을 들여다보았다. 크리스틴과 오거스토는 텔레토비였다. 제마는 마녀였다. 나는 맥스를 멍하니 내려다보았다. 핼러윈이라니. 나는 핼러윈도 챙기지 못했다.

"샘!"

클레어가 에밀리와 에밀리의 물건들을 한가득 들고 들어왔다. 클레어는 나팔바지 차림에다 술 달린 판초를 두르고 머리띠를 하고 있었다.

"난 히피야!"

"그러네."

그러자 왜 나한테 얘기 안 해 줬어 하는 생각이 들었다. 하지만 이내 미안해졌다. 클레어가 나를 돌봐 주는 사람도 아닌데.

올드리치 선생님이 말했다.

"옷이 멋지구나."

"엄마 거예요."

클레어가 기저귀 가방으로 나를 떠밀었다.

"너랑 맥스, 따라와."

우리는 클레어를 따라 기저귀 교환실로 갔다.

클레어가 말했다.

"아기 바꾸자."

그러고는 나한테 에밀리를 주고 맥스를 받아서 기저귀 교환대에 턱 앉혔다.

에밀리는 사자였다. 에밀리는 모자가 달린 사자 옷을 입고 있었는데, 노란색과 갈색 갈기가 얼굴을 빙 둘러싸고 있었다. 뒤를 보니 꼬리까지 달려 있었다. 나는 에밀리를 다시 돌려서 안았다.

"너, 끝내주게 귀엽구나."

이빨 없는 에밀리 사자가 나를 보며 활짝 웃었다.

클레어는 책가방을 뒤적거리고 있었다. 그러더니 "짜잔!" 하며 무시무시하게 샛노란 스웨터를 꺼냈다.

"딱 보니까 맥스 거다 싶었지."

"세상에, 클레어. 글쎄. 맥스는 파란색이나 까만색이 더 좋지 않을까?"

클레어가 스웨터를 흔들었다.

"아냐. 봐. 오리야!"

스웨터 모자에 커다란 부리와 퉁방울만 한 눈이 달려 있고, 모자 꼭대기에 깃털 한 뭉치가 삐죽 나와 있었다. 나는 푸하하 웃음을 터뜨렸다.

"맥스가 그걸 입을까 모르겠네."

하지만 클레어는 벌써 맥스의 재킷을 벗기고 그걸 맥스에게 뒤집어씌우고 있었다. 맥스는 몸을 뒤틀며 발버둥 치지도 않았다.

클레어가 말했다.

"넌 오리야, 맥스. 꽥, 꽥."

맥스가 바로 "꾸! 꾸!" 하고 되받자 에밀리가 까아 소리쳤다.

클레어가 다시 가방을 뒤지더니 검은 가면을 꺼냈다. 눈만 가리는 플라스틱 가면이었다.

"이건 너 주려고 샀어, 샘. 왜 있잖아. 그윽하고 은근하게. 낮에는 부드러운 십대 아빠. 밤에는 수수께끼의 남자!"

나는 씨익 웃었다. 그 가면이 마음에 들었다.

"멋지네. 넌……."

나는 누가 들어오기 전에 재빨리 몸을 숙여 클레어에게 키스를 했다.

맥스를 안고 가장행렬을 하는 동안, 맥스가 줄곧 '꾸꾸' 거렸다. 사람들이 클레어의 장난을 알아챈 듯 와하하 웃었다. 가르시아 선생님이 맥스를 받아서 책상 위에 세워 놓자, 맥스는 반 아이들 앞에서 꾸꾸 소리를 냈다. 이제껏 이 학교에서 이렇게 기분이 좋았던 적이 없었다.

학교가 끝나고 가 보니, 클레어의 폭스바겐이 내 차 옆에 주차되어 있고 클레어가 에밀리를 안전 의자에 앉히고 있었다. 나는 맥스를 안전 의자에 앉히고 나서 클레어에게 스웨터를 가져갔다.

"자, 아주 인기였어."

"응. 나도 맥스 소리 들었어!"

클레어는 스웨터를 다시 나한테 밀었다.

"가져. 맥스한테 잘 어울려."

"고마워."

그러자 아무 말도 하지 않아도 된다는 듯이, 아무것도 하지 않아도 된다는 듯이 클레어가 다가왔고, 나는 클레어를 안았다. 클레어가 나에게 기대자 내 턱과 어깨 사이로 클레

어의 머리가 쏙 들어왔다. 이제껏 잊고 있었다……. 여자아
이들이 이렇게 품에 쏙 들어온다는 것을, 나는 잊고 있었다.
내가 팔에 힘을 꼭 주자, 클레어도 내 몸에 팔을 둘렀다.

"네가 좋아, 샘 페티그루."

클레어가 속삭이자 따뜻한 숨결이 목에 와 닿았다.

"응. 나도 네가 좋아."

그날 밤 클레어한테서 다시 전화가 왔다. 밤늦게. 나는 수
학 공부를 해 보려 했지만, 방정식이 자꾸 꼬였다.

"안녕."

클레어가 말했다. 조용히. 에밀리도 잠든 것 같았다.

"안녕."

나는 아기 침대를 슬금슬금 지나 내 침대에 드러누웠다.
클레어는 전화로도 이야기를 많이 했다. 내가 말을 많이 하
지 않아도 되었다. 눈을 감고 클레어의 목소리가 머릿속으로
스르르 들어오게 내버려 두자, 나는 좋아하는 여자애랑 얘기
하고 있는 열일곱 살짜리 보통 남자애가 되었다. 차 안에서
키스한 여자애랑. 주차장에서 껴안았던 여자애랑.

느닷없이 클레어가 물었다.

"내가 무슨 생각하는지 알아?"

나는 눈을 떴다. 내 마음은 클레어가 생각할 수 있는 것과
내가 생각하고 있던 것 사이를 핀볼처럼 튀어 다녔다.

마침내 내가 물었다.

"뭔데?"

"토요일에 애들 데리고 쇼핑몰에 갈까 해."

"쇼핑몰?"

내가 생각도 못한 것이 한 가지 있었다.

"응. 할아버지가 돈을 좀 보내 줬거든. 베이비 갭(미국의 아기 옷 전문 회사:옮긴이) 매장에서 할인 판매를 한대."

보나 마나 곳곳에 쳐다보는 사람들로 가득할 것이다.

"토요일은 되게 복잡할 텐데. 차 댈 곳도 없을걸."

"샘. 다른 계획이 있어?"

맥스가 시간표에 따라 준다면, 그러니까 오후에 낮잠을 잔다면, 나는 소파에 누워 잘 생각이었다.

"아니. 딱히 없어."

"그럼, 가자. 가면 좋을 거야."

그러자 나는 잠시 망설였다. 클레어나 오리 옷이나 공원이 좋지 않았다는 것은 아니다. 다 좋지만, 그래도……

클레어가 덧붙였다.

"맥스한테도 좋을 거야."

머리 자르는 걸 한 주 더 미룬다면……

"타코벨에서 점심 먹을 수 있겠네. 푸드코트에 타코벨이 있거든."

클레어가 하하 웃자 에밀리가 우는 소리가 들렸다.

클레어가 물었다.

"아, 이런. 지금 몇 시야?"

"12시 조금 넘었어."

"젠장. 난……."

이제 에밀리의 울음소리가 울부짖는 소리로 바뀌었다. 멀리서 클레어 엄마가 뭐라고 말했다.

"가 봐야겠어. 내일 보자."

클레어가 전화를 끊었다.

나는 전화기 전원을 끄고 바닥에 툭 던졌다.

문간에서 그림자가 움직이며 주위의 어둠 속에서 떨어져 나왔다. 아빠가 밝은 곳으로 걸어 나왔다.

"맙소……."

나는 펄쩍 뛰어오르다가 침대 머리판에 머리를 쾅 부딪혔다.

"아야야야!"

맥스가 흠칫 잠이 깨더니 울음을 터뜨렸다.

나는 머리에 손을 얹고 몸을 숙인 채 다른 손으로 맥스의 등을 토닥였다.

"쉬이, 쉬이."

"누구랑 얘기했어?"

나는 머리를 문지르며 맥스를 조금 더 세게 토닥였다.

"클레어요. 아빠도 알잖아요. 전에…… 집에 왔던 여자애
요."

아빠가 언제부터 거기 있었던 걸까.

맥스가 다시 잠에 빠지며 조용해졌다.

"너, 그 애랑 자니, 샘?"

"네?"

아빠가 그런 말을 하다니 믿어지지 않았다.

"아뇨."

내 목소리가 커졌다. 맥스가 다시 움찔했지만 눈을 뜨진
않았다. 나는 돌아서서 아빠를 보았다.

"그냥 얘기하고 있었어요. 나는 여자애랑 전화도 못해요?"

"조심해야 한다, 샘."

아빠는 나를 보고 있지 않았다. 맥스를 빤히 바라보고 있
었다.

"나도 알아요. 내가 그런 것도 모를 것 같아요? 우린 그
런…… 그런 게 아녜요. 전혀 아녜요."

"난 그저……."

아빠가 팔짱을 꼈다.

"샘, 생각 좀 해라."

그것도 안다.

"아빠. 아빤 걱정…… 걱정 안 해도 돼요. 깨워서 미안해

요."

"안 잤다."

아빠는 그렇게 말하고 돌아서서 다시 컴컴한 복도로 걸어
갔다.

나는 불을 끄고 침대에 누웠다. 샘, 생각 좀 해라. 내가 하
는 거라곤 생각밖에 없는 것 같았다. 내 인생의 모든 것이,
하나하나가 다, 너무도 이해하기 힘든 것뿐이라서. 학교. 클
레어. 아빠. 맥스. 쉬울 거라고는 생각하지도 않았다. 하지만
적어도 옳은 일을 한다는 느낌은 들 줄 알았다.

맥스가 꿈지럭거리며 칭얼거렸다. 그러고는 이내 와앙 울음
을 터뜨렸다. 나는 욕을 하며 불을 켜고, 맥스를 안아 들었다.

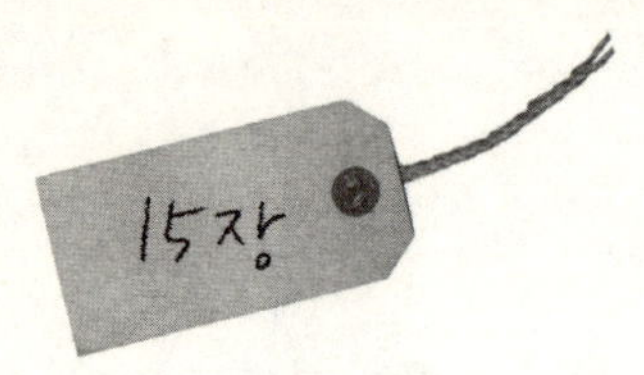

토요일 아침에 맥스와 내가 일어나자 아빠는 나가고 없었다. 아빠가 탁자 위에 메모를 남겨 놓았다. 메모에 '낚시'라고 적혀 있었다.

옹고집 낚시광이 아니고서야 누가 11월에 낚시를 하러 갈까. 하지만 창밖을 보니 날씨가 좋았다. 다시 햇살이 비치고 있다. 춥기는 하겠지만, 강이 정말 아름다울 것이다.

아빠랑 같이 갔으면 좋았을 텐데. 아빠는 나를 데려가고 싶지 않았던 것일까.

11시에 클레어와 에밀리가 와서, 우리는 같이 폭스바겐을 타고 쇼핑몰로 갔다.

주차할 곳을 찾느라 25분이나 걸렸다.

나는 주차장에서 유모차를 톡 쳐서 덮개를 열고는 맥스에게 안전띠를 채웠다. 조금도 더듬거리지 않고. 누워서 떡 먹기지. 맥스가 클레어를 보고 해죽거리면서 침으로 보글보글 방울을 만들었다.

클레어는 눈치도 못 챘다. 클레어는 버클과 띠가 주렁주렁 달린 파란 천을 들고 있었다.

"에밀리를 안고 갈 아기띠야. 엄마가 샀어. 아기를 안고 다
니면 더 좋다는 기사를 봤대."

"뭐보다 더 좋은데?"

에밀리가 맥스보다 좋아질까?

클레어가 고개를 저었다.

"내가 아니라 우리 엄마가 봤거든."

그러고는 그것을 뒤집었다.

"어떻게 쓰는 건지 모르겠어."

"사용 설명서 들어 있었어?"

"응."

"읽어 봤어?"

클레어가 나를 쳐다보았다.

"그게 뭐……."

그러고는 아기띠를 보며 얼굴을 찡그렸다.

"어려우면 얼마나 어렵겠어?"

"그냥 유모차를 쓰자."

"그 빌어먹을 유모차를 안 가져왔다고, 됐니, 샘?"

클레어의 목소리가 주차장 시멘트 벽에 메아리쳤다.

"이것밖에 안 가져왔다니까! 멍청한 우리 엄마가 이게 더
좋다고 해서! 됐어?"

"알았어. 진정해. 같이 생각해 보자."

우리는 맥스와 에밀리가 짜증이 나서 심통을 부릴 때까지 한참 동안이나 허둥거리며 욕을 해 대다가 마침내 에밀리를 그 안에 집어넣었다. 그다지 편해 보이지는 않았지만, 아무튼 들어갔다.

쇼핑몰은 몹시 붐볐다. 사람들이 우리를 쳐다보았다.

클레어는 베이비 갭 매장에 와서 기분이 조금 풀렸다. 클레어가 조그만 청바지와 청재킷 한 벌을 집어 들었다.

"어때? 에밀리한테 어울릴까?"

"아마도."

"옷에 어울리는 모자도 있어."

"그렇겠지."

클레어가 얼굴을 찡그렸다.

"왜 그래?"

나는 어깨를 으쓱했다. 그 옷 한 벌 값은 내 차에 기름을 두 번이나 넣을 값이었다. 아니, 세 번도 넣겠다.

"아무것도 아냐."

맥스가 유모차 밖으로 몸을 내밀고 진열된 옷을 넘어뜨리려고 했다.

"우린 계산대에서 기다리고 있을게."

나는 비교적 한산한 곳으로 유모차를 밀고 갔다. 기다리는 동안, 어떤 아이의 엄마를 지켜보았다. 클레어보다 나이가 훨씬 많은 아주머니로 진 고모 나이쯤 되어 보였는데, 딸과 파티 옷을 놓고 실랑이를 벌이고 있었다. 엄마는 계속 "미란다. 떼쓰면 못써." 하고 말했고, 미란다는 계속 "사 줘! 지금 사 줘!" 하고 외쳐 댔다.

나는 문득 훗날 나와 맥스의 모습을 떠올렸다. 멋진 신발을 사 달라고 조르는 맥스. 상상이 갔다. 젠장. 나도 멋진 신발이 갖고 싶었다. 나는 미래의 짜증 난 맥스와 실랑이를 하는 내 모습을, 그리고 나한테 화를 내며 나를 미워할 맥스 녀석의 모습을 그려 보았다.

나는 머리가 지끈거렸다.

마침내 클레어가 볼 일을 다 보고 와서 생긋 웃었다.

"타코벨 갈 시간이네, 그렇지, 친구?"

"그래."

타코벨도 북적거리긴 마찬가지였지만, 그럭저럭 뒤쪽 구석에서 자리를 하나 건졌다. 우리 옆자리에는 가족인 듯 엄마 아빠와 아이 둘이 앉아 있었다. 아이들의 엄마가 클레어와 나를 바라보고 있었다.

맥스는 내가 찰루파(멕시코 전통 빵인 토르티야를 배 모양으로 둥글게 접어서 고기, 채소, 치즈 등으로 속을 채운 음식:옮긴이)에서 떼어 준 밥알과 닭고기 조각을 아작아작 씹으며 아기 의자에 기분 좋게 앉아 있었다. 하지만 에밀리는 자지

러지게 울어 댔다. 에밀리는 아기띠 안에서 앙앙거리고 고개를 뒤틀며 악을 썼다.

"배고픈가 봐."

클레어는 타코(토르티야에 고기, 채소, 치즈 등을 넣고 반으로 접은 음식:옮긴이)를 먹으면서 에밀리도 흔들어 주고 토닥여 주려 했다.

나는 이미 내 찰루파와 부리토(토르티야에 고기, 콩, 치즈 등을 넣고 둥그렇게 만 음식:옮긴이) 두 개를 다 먹은 뒤였다. 게다가 기분도 좀 나아져 있었다.

"내가 안고 있을게. 그거 풀리면."

"해 보자."

클레어가 일어서자 둘이서 같이 띠와 버클을 풀기 시작했다. 에밀리가 더 크게 울었다.

"좀 도와줄까?"

옆자리에 앉은 그 엄마였다.

"나도 그런 거 써 봤거든."

그러고는 어떻게 했는지 2초 만에 에밀리를 꺼냈다.

"이제 됐다."

내가 에밀리를 받아 안자, 놀랍게도 에밀리가 입을 딱 다물고 셔츠 속으로 파고들었다.

클레어가 자리에 앉았다.

"다행이다."

아주머니가 에밀리의 등을 토닥이며 나를 보고 빙긋 웃었다.

"가족이 참 보기 좋구나."

내가 입을 열고 뭐라고 대꾸하기도 전에 클레어가 말했다.

"아, 고맙습니다. 나이 차가 적어서 좀 힘들긴 해요."

"그렇겠구나."

아주머니는 여전히 웃음을 머금고 말했다. 그러고는 다시 에밀리를 토닥이며 "아빠가 잘 보살펴 주렴." 하고 말하고는 자리로 돌아갔다.

클레어는 타코를 먹으며 씩 웃고 있었다. 나는 얼굴을 찡그렸다. 그러고는 몸을 앞으로 숙이며 속삭였다.

"저 아줌마가 무슨 생각하는지 알아?"

"아, 내버려 둬. 재밌잖아."

클레어가 맥스에게 밥을 더 주었다.

"넌 재미없어?"

에밀리가 내 셔츠를 빠는 바람에 셔츠에 큼지막한 침 자국이 생겼다.

"창피해."

"우린 잘못한 거 없어. 창피할 것 없다고, 샘."

클레어가 타코를 다 먹고 자리에서 일어나 바지에 묻은 토르티야 부스러기를 털었다.

“노드스트롬 매장에 큰 화장실이 있어. 거기에 소파랑 기저귀 교환대가 있어. 젖도 먹일 수 있고. 게다가 가족 화장실이야. 너네도 같이 가자.”

“아니.”

나는 아주머니를 힐끗 쳐다보았다. 아주머니는 여전히 우리를 보며 웃고 있었다. 나는 에밀리를 클레어에게 건넸다.

“우린 스케이트장에서 기다리고 있을게.”

“그럼 20분만 기다려 줘.”

클레어가 서둘러 자리를 뜨자 클레어의 어깨 너머로 에밀리가 빼액 고함을 질렀다.

나는 주섬주섬 자리를 치웠다. 그러고는 맥스를 유모차에 태우고 남자 화장실을 찾아 나섰다.

물론 남자 화장실에는 기저귀 교환대가 없었다. 하지만 바닥이 제법 깨끗했다. 나는 바닥에 재킷을 펼쳐 놓고 그 위에 맥스를 눕혔다. 다행히 맥스는 오줌만 쌌다.

나는 맥스에게 옷을 입히고 다시 유모차에 앉혔다. 나도 화장실에 가야 했지만 그러면 너무 번거로울 것 같았다.

나는 유모차를 밀고 스케이트장 주위를 돌아다녔다. 맥스한테 주스를 주자 맥스가 얌전히 앉아서 사과 주스를 빨며 지나가는 사람들을 바라보았다.

스케이트장에서는 꼬마들 한 무리가 하키를 하고 있었다.

또 아빠 나이쯤 되는 부부가 경기를 지켜보고 있었다. 엄마
는 쉴 새 없이 주먹으로 유리창을 두드리며 "힘내라, 레인저
스! 힘내라, 카일!" 하고 목청껏 외쳐 댔다.

나는 맥스를 내려다보았다. 맥스는 입에 주스 병을 물고
고개를 기울인 채 잠들어 있었다. 나는 맥스가 깨지 않게 주
스 병을 슬쩍 빼서 기저귀 가방에 쑤셔 넣었다.

30분쯤 지나자 클레어가 왔다. 에밀리는 클레어의 가슴에
서 고개를 꾸벅이며 곤히 잠들어 있었다. 클레어가 생긋 웃
었다.

"어떤 아줌마가 에밀리를 이 안에 넣는 걸 거들어 줬어. 그
런데 알고 보니 아까 띠 하나를 잘못 맸지 뭐야."

"잘됐네."

클레어가 한숨을 쉬며 얼굴을 찌푸렸다.

"샘. 왜 그래? 여기 오고 나서 계속 이상하게 굴어."

"괜찮아. 멀쩡해. 그냥 머리가 아파서 그래."

그건 사실이었다.

"야아! 이게 누구야!"

그때 내 뒤에서 앤디가 나타났다.

"야, 잘 있었냐?"

앤디는 제니 손을 잡고 있었다.

나는 머리가 쿵쿵 울렸다.

"앤디."

나는 한 걸음 물러나 클레어에게 손을 흔들었다.

"전에 봤지, 앤디야. 그리고 여기는 제니."

제니가 말했다.

"나, 클레어 알아."

나는 아주 오랫동안 제니를 보지 못했다. 제니는 머리를 짧게 자르고 보랏빛이 도는 검은색으로 염색을 했다. 잘 어울렸다.

"네 아기니?"

제니가 에밀리의 머리에 손을 살며시 얹었다.

"아기…… 이름이 뭐야?"

클레어가 대답했다.

"에밀리."

"너무 귀엽다. 진짜 귀엽지, 앤디?"

"너도 아기가 있어?"

앤디가 또 눈을 휘둥그레 뜨고 만화 같은 표정을 지었다.

제니가 어깨로 앤디를 밀쳤다.

"앤디, 제발 좀 그만해."

클레어는 웃고 있었다.

"소문을 들었나 보네, 앤디. 아마 학교에 쫙 퍼졌겠지."

"응. 하지만."

앤디는 어깨를 으쓱했다.

"안 믿었어."

클레어가 한 손을 뻗어 앤디의 팔에 얹었다.

"똑똑한 여자애들도 임신해, 앤디. 정말이야, 나도 너처럼 충격이었어."

클레어가 웃자 몇 초 뒤에 앤디도 따라 웃었다.

제니는 유모차 위로 몸을 수그리고 있었다.

"그럼 애가 맥스야?"

맥스는 아직 꿈나라였다.

"응. 맥스야."

그러자 앤디가 말했다.

"녀석, 더 컸다. 전에 너네 집에서 봤을 때보다."

그러고는 나를 보았다.

"기억나지?"

"응."

앤디가 제니와 클레어를 보며 말했다.

"언젠가 학교 끝나고 샘네 집에 갔는데, 맥스가 여기저기 다 토해 놓은 거야. 소파며, 양탄자며. 아주 집 안 가득 토해 놨지."

제니와 클레어가 깔깔거렸다.

"그렇게 심하진 않았어."

내가 말하자 앤디가 말했다.

"어이구, 나한텐 심했어."

그러자 제니가 물었다.

"맥스는 몇 개월이야?"

제니는 아직도 맥스 앞에 쭈그리고 앉아 있었다.

내가 "11개월." 하고 대답했다.

동시에 클레어가 "돌 다 됐어." 하고 말했다.

우리는 서로를 마주 보았다. 이내 나는 천천히 고개를 끄덕였다.

"그래. 맞아. 돌 다 됐어."

제니가 몸을 일으켰다. 그러고는 다시 앤디를 팔꿈치로 쿡 찔렀다.

앤디가 말했다.

"우린 커피 마시러 가는 길이었어. 너네도 같이 갈래?"

클레어가 나를 보며 눈썹을 추켜세웠다. 내가 대답했다.

"좋아. 커피 좋지."

그것은 앤디네한테라기보다 클레어에게 한 말이었다. 그러면서 나는 속으로 현금이 얼마나 남았는지 어림잡아 보았다. 클레어한테 자기 커피를 사게 하기는 싫었다. 적어도 제니와 앤디 앞에서는.

"그래!"

하키 선수 엄마가 소리를 꽥 질렀다.

"잘 한다, 카일!"

그러고는 장단에 맞추어 유리창을 두드리기 시작했다.

제니가 눈을 또로록 굴렸다.

"페니(미국의 대형 소매업 회사인 JC 페니의 통칭. 주로 의류, 신발, 가구 등의 생활용품을 판매하는 곳:옮긴이) 매장 옆 스타벅스로 가자. 거기가 더 조용해."

제니와 클레어는 머리를 맞대고 수다를 떨며 나란히 걸어 갔다. 앤디와 나는 둘을 뒤따라갔다. 나는 제니의 힐에 유모 차가 걸리지 않도록 요리조리 잘 피해야 했다.

앤디가 나를 힐끔 쳐다보았다.

"너랑 클레어, 그래? 결국 사귀는 거냐?"

나는 한숨을 푹 쉬었다.

"그런 거 아냐. 우린 그냥 친구야."

앤디가 고개를 끄덕였다.

"그래."

우리는 말없이 샤퍼이미지(주로 특이하고 기발한 가전제품 이나 장난감 등을 판매하는 곳:옮긴이)와 트랙앤트레일(미국 의 신발 제조회사 울버린 월드와이드에서 운영하는 신발 소매 점:옮긴이) 매장을 지나갔다.

이내 앤디가 입을 열었다.

"지금 네 머리 모양, 맘에 든다. 구불구불한 것이."

"앤디. 입 닥쳐."

앤디가 아하하 웃음을 터뜨렸다.

스타벅스를 보니 진짜 반가웠다. 클레어한테 모카를 사 주고 내가 마실 라테 작은 것을 사니 돈이 딱 맞았다. 우리는 커피를 들고 벤치로 갔다. 클레어와 제니와 나는 자리에 앉았다. 앤디는 카페인 때문인지 아니면 늘 그렇듯 금세 산만해져서인지, 우리 앞에 서서 다시 옛날의 앤디처럼 까불고 쉴 새 없이 지껄여 댔다. 확실히 더 이상 아기들 생각은 머리에 없는 것 같았다. 앤디는 혼자서 양 팀 선수들을 다 흉내 내며 지난번 미식축구 시합을 실황 중계했다.

중간쯤에 맥스가 잠이 깨서, 아까 먹다 남은 주스를 주었다. 맥스는 앉아서 주스를 열심히 빨아 먹으며 아주 진지하게 앤디를 바라보았다.

앤디가 말했다.

"그때 롱 패스가 갔지. 6초를 남기고…… 트레버가 잡았어."

그러고는 마치 맥스가 그 트레버 녀석인 것처럼, 맥스가 그 플레이를 해내기라도 한 것처럼 한 손을 맥스의 무릎에 살포시 얹었다.

"우리가 이긴 거야!"

맥스가 까르르 웃자 사과 주스가 턱과 목으로 주르르 흘러

내렸다. 앤디도 하하하 웃었다. 그러더니 코를 킁킁거렸다.

앤디가 허리를 펴고 엄지손가락으로 맥스를 가리켰다.

"어디선가 별로 향긋하지 않은 냄새가 나는걸."

나는 자리에서 일어났다.

"아…… 남자 화장실 찾아봐야겠다."

"페니 매장 옆에 있어."

클레어가 말하며 같이 일어났다.

그러자 제니가 빈 컵을 쓰레기통에 던져 넣었다.

"어차피 우리도 가 봐야 돼. 엄마 생일 선물 사야 되거든."

앤디가 팔을 내밀자 제니는 찰싹 달라붙었다.

앤디가 빈손을 흔들며 말했다.

"언제 한번 모이자. 다 같이."

클레어가 내 쪽으로 다가서자, 나는 곧 클레어에게 팔을 둘렀다.

클레어가 말했다.

"재밌겠다."

그러고는 나를 올려다보았다.

나는 클레어의 어깨를 꼭 쥐며 말했다.

"그래. 끝내주겠다."

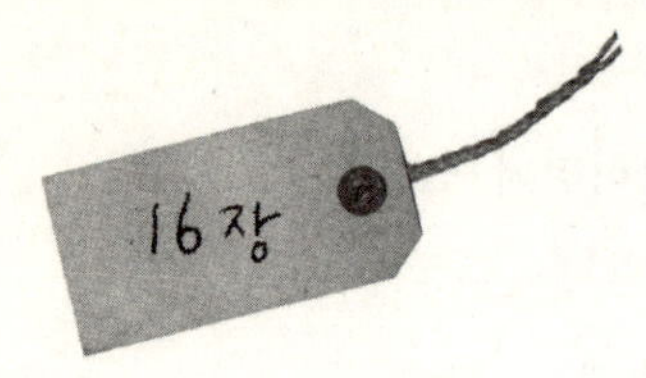

병원에 갔다온 지 2주 뒤, 브리타니 엄마한테서 전화가 왔다.

"아빠 바꿔라."

아빠는 방에서 책을 읽고 있었다. 나는 문간에 서 있었다.

아빠가 말했다.

"네. 네. 그래요……."

아빠가 나를 홀끗 쳐다보고는 다시 눈길을 돌렸다.

"제가 얘기하죠."

나는 거실로 돌아와 소파에 앉았다. 수요일이었다. 수요일에는 텔레비전에서 아무것도 하지 않았다.

아빠가 거실로 왔다. 아빠는 무릎이 다 해진 낡은 청바지를 입고 주머니에 '페티그루 전기' 라고 쓰인 빛바랜 티셔츠를 입고 있었다.

"병원비 때문이라면, 이미 마이크 아저씨한테 얘기했어요. 일 좀 더 하겠다고요. 아마 토요일 아침에 나갈……."

아빠가 뚜벅뚜벅 걸어가 텔레비전을 껐다.

"결국 아기를 입양 보내겠대."

나는 가만히 앉아서 물끄러미 아빠를 바라보았다.

아빠가 고개를 저었다.

"이제 와서 왜 이러는지 모르겠네. 얘기 다 끝내고, 아주 확실한 것처럼 굴더니."

아빠는 브리타니네가 약을 올리려고 그런다는 듯이 몹시 화가 난 목소리였다.

"브리타니도 알아요?"

나는 그렇게 말하는 순간 곧바로 멍청한 질문임을 깨달았다. 하지만 이해가 가지 않았다. 브리타니가 마음을 바꿨다고?

아빠가 얼굴을 찡그렸다.

"당연히 알겠지, 샘."

"내 말은…… 그게 브리타니의 생각일까 해서요."

"샘. 브리타니 어머니는 그저 우리가 알아야 할 것 같았다고만 했어. 그게 전부야."

이튿날 나는 학교를 빼먹고 브리타니네 집으로 갔다. 나는 아기가 4주가 될 때까지는 학교에 가지 않아도 되니까 브리타니가 집에 있으리란 사실을 알고 있었다. 그리고 브리타니네 엄마 아빠가 일을 하러 나갔으리란 것도.

나는 브리타니와 얘기를 하고 싶었다. 도대체 무엇이 어떻게 돌아가는 건지 좀 알고 싶었다.

나는 가는 길에 스타벅스에 들렀다. 그날 병원에서 본 뒤로는 브리타니와 아기를 보지 못했다. 브리타니와 줄리언을. 하지만 나는 줄곧 그 두 사람을 생각하고 있었다.

줄곧 아기를, 아기가 별안간 눈을 뜨고 지었던 표정을 계속 생각하고 있었다. 나를 보고 놀라던 그 얼굴을.

아마 브리타니도 나를 보고 놀란 것 같았다.

"샘."

"안녕."

브리타니는 혹시 내가 누구랑 같이 왔나 싶어서 내 어깨 너머를 살피며 찻길에 서 있는 내 차를 보았다.

나는 커피를 들어 올렸다.

"무지방 라즈베리 아이스 모카 마실래?"

브리타니는 나한테서 커피로 눈길을 돌리고는 다시 나를 보았다. 그러고는 어깨를 으쓱하며 내가 안으로 들어가게 비켜섰다.

나는 거실로 들어갔다.

"너……."

나는 '더 좋아 보이네.' 하고 말하려다가 말았다. 물론 더 좋아 보이기는 했지만. 브리타니는 화장도 하고 머리도 독특하게 뒤로 넘겨서 정수리부터 가닥가닥 땋고는 구슬을 달아서 어깨까지 죽 늘어뜨리고 있었다. 예전처럼 깡마르지는 않았지만, 전혀 임신했던 사람처럼 보이지 않았다. 나는 "잘 어울린다."고 말하며 커피를 건넸다.

"고마워."

브리타니는 창가 쪽에 놓인 커다란 흰색 소파에 앉았다.

"어…… 줄리언은?"

불현듯 이미 보내 버렸는지도 모른다는 생각이 들었다.

브리타니가 창가에 있는 바구니 같은 것을 가리켰다.

"자고 있어. 깨우지 마."

나는 살금살금 걸어가서 바구니를 들여다보았다. 그러고
는 "우아, 더 컸어." 하고 소곤거렸다.

엄청나게 컸다거나 그런 건 아니었다. 아기는 아직도 터무
니없이 작았다. 하지만 확실히 병원에서 보았던 그 꼬물거리
던 아기가 아니었다. 아기는 눈에 띄게 자라고 있었다.

브리타니는 아무 말도 없었다. 나는 뒤를 돌아보았다. 브
리타니는 빨대에 입술을 거의 대지도 않고 조심스레 모카를
홀짝이고 있었다.

나는 내 바닐라 라테를 집어 들었다. 라테는 오는 길에 식
어 버린 데다 너무 달아서 혀가 굳어 버릴 것 같았다. 나는
목청을 가다듬었다.

"전화하려고 했어. 아님 찾아와 보든가. 도와주려고. 뭐
가……."

나는 뇌도 굳어 버렸다. 도무지 내가 할 수 있는 일이 떠오

르지 않았다. 나는 그저 "뭔가 하려고." 하고 말을 맺었다.

브리타니가 탁자에 컵을 내려놓았다.

"고마워, 샘. 정말이야. 다 알아……."

브리타니는 자신이 알고 있는 사실을 털어놓을 수는 없다는 듯 손을 내저었다. 마치 그 모든 것이 닿을 수 없는 저 먼 곳에 있다는 듯이.

"하지만 그런다고 달라지진 않아. 그래도 보낼 거야."

그러고는 싱긋 웃었다. 브리타니가 나를 좋아하던 시절에 짓던 진짜 웃음을. 그러자 나는 아주 잠시 그때가 떠올라 가슴이 뻐근했다.

나는 안락의자에 앉았다.

"난 네가…… 우리가…… 네가 기르기로 한 줄 알았어."

브리타니가 한숨을 쉬었다. 브리타니는 쿠션에 등을 기대지도 않고 소파에 꼿꼿이 앉아 있었다.

브리타니가 커피를 쳐다보며 말했다.

"내가 아기를 지우지 않을 거라는 건 처음부터 알고 있었어. 그렇게 하고 싶진 않았어. 그리고…… 결혼하고 싶지도 않았어."

브리타니가 나를 쓱 쳐다보자 나는 얼굴을 붉히며 고개를 끄덕였다. 나는 그때 했던 얘기를 똑똑히 기억하고 있었다.

"난 내가 다른 것들도 다 알고 있다고 믿었어."

브리타니는 배가 아픈지 허리를 살짝 숙이며 얼굴을 찡그렸다.

"그때 너도 왔었지? 입양 얘기할 때?"

나는 다시 고개를 끄덕였다. 아빠와 나, 둘 다 왔다. 우리는 저 소파에 앉았다. 그리고 브리타니와 브리타니네 부모님의 얘기를 들었다. 브리타니네 부모님은 말을 많이 했다.

"엄마는 처음부터 그러자고 야단이었지."

브리타니는 고개를 설레설레 저으며 눈을 굴렸다. 브리타니의 손이 파르르 떨리고 있었다.

"심지어는…… 고모가 로스앤젤레스에 사는데, 나를 고모한테 보내자는 말도 나왔어. 거기서 아기를, 줄리언을 키우라고. 괜찮을 것 같았어. 왠지 재밌을 것 같지 않아? LA에서 살면?"

그러면서 나를 바라보았다.

내가 말했다.

"그래. 나도 대학을 그리로 갈까 했지."

브리타니가 고개를 끄덕였다.

"맞아. 기억나."

브리타니는 커피를 들었다가 마시지도 않고 다시 내려놓았다.

우리는 잠시 말이 없었다. 너무 조용해서 바구니에서 줄리언이 숨을 쉬는 소리가 들렸다.

브리타니가 말했다.

"있잖아, 가끔은 엄마가 2분만 조용히 있어 줬으면 해. 만날 나한테 이래라저래라 하지 말고……."

브리타니가 무릎에 얼굴을 묻자 촘촘히 땋은 금발 사이사이로 희고 깨끗한 피부가 보였다.

"아무튼,"

브리타니의 목소리가 먹먹하게 들렸다.

"내가 알고 있었던 건, 허겁지겁 결정을 내리지 않으리라는 거였어. 떠밀리지 않기로 했지. 아기한테, 줄리언한테 모든 기회를 다 주기로 했어."

나는 브리타니가 보지 못하는데도 고개를 끄덕였다. 브리타니가 무슨 말을 하는 건지도 잘 모르면서.

브리타니가 다시 허리를 펴고 앉아 나를 똑바로 바라보았다. 잘은 모르겠지만, 어쩐지 표정이 조금 달라져 있었다.

"하지만 내가 이걸 할 수 없다는 것도 알아, 샘. 이건 내가 기대한 게 아냐. 전혀. 지금의 나는 내가 기대했던 것이 아니라고."

그러고는 쓸쓸하게 웃었다.

"너는 잘 이해되지 않겠지."

"아냐. 이해해. 이해한다니까."

거짓말이었다. 나는 이해가 되지 않았다. 조금도 이해할 수가 없었다.

"그렇지만, 있잖아. 이제 겨우 2주 지났잖아. 어쩌면……."

브리타니의 얼굴이 씰룩거렸다. 나는 브리타니가 소리를 지르려는 줄 알았다. 하지만 브리타니는 다시 웃음을 지을 뿐이었다.

"충분한 시간이었어, 샘. 나한테는."

브리타니는 한숨을 쉬며 쿠션에 기댔다. 그러고는 탁자 위에 발을 올렸다.

"우리, 보이시로 이사 가."

"보이시?"

"거기에도 아빠네 회사 사무소가 있거든. 아빤 계속 전근 가고 싶어 했는데, 엄마 때문에……."

브리타니는 어깨를 으쓱했다.

"난 새 학교에 다닌대. 아무도 모를 거래. 엄마가 계속 그렇게 말해."

"그럼 아기는?"

"변호사가 입양 기관을 찾아 줬어. 사람들이 그러는데, 가족을 쉽게 찾겠대. 뭐, 금발인데다……."

"나한테 줘."

나는 생각해 보기도 전에 큰 소리로 불쑥 내뱉었다.

브리타니가 깜짝 놀라 우스꽝스럽게 굳은 얼굴로 물끄러미 쳐다보았다.

"뭐?"

"모르는 사람한테 주지 마. 나한테 줘."

브리타니는 야릇하고 뒤틀린 웃음을 떠올렸다. 속이 쓰라린 듯이.

"샘. 넌 네가 무슨 말을 하는지 몰라. 게다가 너네 아버진 어쩌고? 펄펄 뛸걸."

나는 고개를 저었다. 내가 무슨 말을 하는지 모르니까. 그리고 아기가 이대로 가 버려서, 사라져 버려서, 다시는 알지 못하게 되는 건 싫으니까. 그래서 다시는 못 보게 되는 건 싫으니까. 아빠가 뭐라든 상관없었다.

나는 자리에서 일어났다.

"브리타니, 난 걔 아버지야. 내가 키울 거야."

아빠는 펄펄 뛸 것이다. 당연하다. 아마도 노발대발 핏대를 세울 것이다.

하지만 난생 처음으로 내가 무슨 짓을 하고 있는지 정확히 알고 있었다. 내가 무엇을 하고 싶은지 똑똑히 알고 있었다. 내가 무엇을 해야 하는지, 나는 정확히 알고 있었다.

나는 집으로 차를 몰고 오며 찬찬히 생각했다. 그러고는 아빠한테 말하기 전에 먼저 진 고모에게 전화를 걸었다. 그리고 고모를 내 편으로 만들었다. 나는 미리 모든 계획을 세워 두었다. 어떻게 받아칠지 모두 생각해 두었다.

그래서 아빠가 "미쳤어? 넌 못해. 아버지가 될 수 없다고." 라고 말하자 나는 이렇게 대답했다.

"난 아버지예요. 그게 현실이에요. 아빠가 그랬잖아요. 책임을 져야 한다고. 나 몰라라 내버려 두면 안 된다고요."

나는 잠시 말을 멈추었다.

"엄마도 내가 이렇게 하길 바랐을 거예요."

진 고모가 찾아 준 변호사와 이야기하면서 내가 맨 먼저 물어본 것은 아기 이름을 맥스로 바꾸는 것이었다.

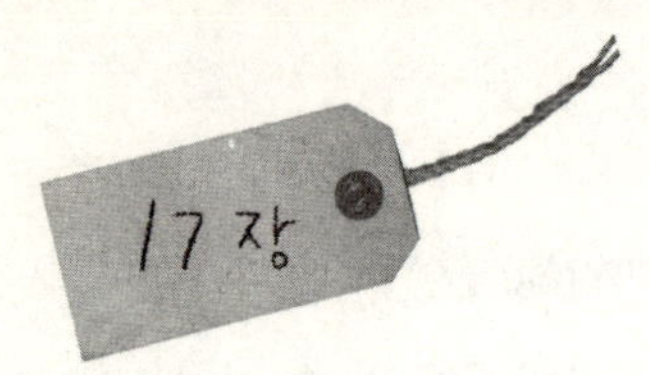

맥스와 에밀리는 쇼핑몰에서 우리 집까지 오는 동안 다시 잠이 들었다. 클레어가 운전석에서 내 쪽으로 몸을 돌리고 생긋 웃었다. 나는 저번처럼 키스를 하려는 건가 싶었다. 저번처럼 껴안고 있으려나 보다고. 나는 내가 그러고 싶은지 잘 알 수 없었다.

하지만 클레어는 키스를 하지 않았다. 대신 이렇게 말했다.

"앤디랑 제니를 보니까 기분이 좀 이상했어."

"응. 나도."

클레어는 백미러 밑에 묻은 얼룩을 문질렀다.

"윌러멧뷰에 다닐 때 너랑 앤디를 보곤 했어. 너넨 항상 즐거워 보였지."

"응. 그래. 우린…… 우린 초등학교 1학년 때부터 알고 지냈어."

클레어가 얼룩을 더 박박 문질렀다.

"너랑 브리타니도 봤어. 브리타니 사물함 앞에서 키스하곤 했었지. 3교시 전에."

나는 의자에 머리를 기대고는 끙 소리를 냈다.

클레어가 물었다.

"브리타니가 찼어?"

그렇게 말해 주다니 고마웠다. 내가 차지 않았다고 생각해 주다니.

"더 이상 예전 같지 않았어. 브리타니가 임신하고 나니까 말이야."

그러고는 얼간이 같은 소리를 했나 싶어 걱정스러웠다.

"무슨 말인지 알잖아."

클레어가 무릎으로 내 다리를 쿡 찔렀다.

"상처 받았어?"

나는 클레어를 보았다. 상처 받았냐고? 나는 어깨를 으쓱했다.

"응, 아주 많이."

나는 앞 유리 너머로 차고 문을 쳐다보았다. 칠을 새로 해야 했다.

"한동안 멍청한 생각도 많이 했어. 결혼하자 그랬거든. 하지만 브리타니는 싫어했어. 결혼하는 거. 나랑."

클레어가 고개를 저었다.

"그 계집애 참 멍청하네."

그 말도 듣기 좋은 말이었다.

"아. 뭐. 그래도 지금은 그때보다는 이해가 돼."

나는 클레어를 보지 않았다. 차고 문만 빤히 바라보고 있었다.

"얼마나 떠나고 싶었겠어. 다시 시작하고 싶었겠지. 처음부터 새로 말이야."

나는 농담이라는 뜻으로 씩 웃으며 말했다.

"초등학교 2학년 때 티볼(야구와 비슷한 운동 경기. 투수 없이 타자가 직접 막대기 위에 놓인 공을 침:옮긴이) 할 때처럼. 공을 맞출 때까지 계속 다시 치잖아."

클레어가 기어 옆으로 몸을 기울이며 내 다리에 손을 얹었다.

"현실에는 다시 하기가 없어, 샘."

"그래. 나도 알아."

맥스가 악몽을 꾸었는지 화들짝 놀라 울음을 터뜨렸다. 그러자 에밀리까지 깨어났다.

클레어가 한숨을 쉬었다.

"가야겠다."

그러고는 내 다리를 토닥거렸다.

"내일 밤에 전화할게."

우리는, 맥스와 나는 클레어와 에밀리가 찻길로 나가는 것을 지켜보았다. 그러고 나서 나는 집으로 들어가 맥스를 씻겼다. 맥스는 목욕을 정말 좋아했다. 한참 동안이나 목욕통에 들어앉아 물장난을 치며 수건을 잘근잘근 씹어 대곤 했다.

166

나는 변기에 걸터앉아 맥스를 바라보았다. 맥스는 다리가 길고 튼튼했다. 아직 아기인데도. 그리고 다른 아기들보다 키도 컸다. 타일러나 오거스토보다 더 크다. 아마 나중에 하키를 하려고 할지도 모르겠다.

문득 "잘 한다, 카일!" 하고 소리치던 그 엄마 생각이 났다.

나는 변기에 등을 기대고 내가 해야 할 모든 것들을 생각했다. 내가 할 수 없는 모든 것들을. 하고 싶은 모든 것들을.

우리는 잘못한 게 없다던 클레어의 말이 떠올랐다.

맥스가 물을 팡 내려치자 물이 맥스의 머리 위까지 솟구쳤다가 바닥으로 떨어졌다. 맥스가 나를 보며 "또우." 하고 말했다. 호머 심슨(미국의 TV 만화 영화 〈심슨 가족〉에 등장하는 아버지:옮긴이)이랑 똑같이 "또우 또우."

"야아. 왜 이렇게 어질러."

나는 일어서서 수건을 가져왔다.

맥스는 아기 식탁 의자에 앉아 리츠 과자를 오물오물 씹고 있고 나는 수학책과 계산기와 빈 공책을 놓고 식탁에 앉아 있는데, 아빠가 뒷문으로 들어왔다.

"아빠, 낚시는 어땠어요?"

"괜찮았다."

아빠는 부엌 구석으로 가서 냉장고 문을 열었다. 그러고는 맥주로 손을 뻗었는데, 앞에 맥스의 젖병이 놓여 있었다.

아빠가 맥스의 의자에 붙은 식판에 젖병을 놓았다. 그러자 맥스 녀석이 젖병을 집어 들고 빨기 시작했다. 나는 아빠가 맥주를 가지고 거실로 갈 줄 알았다. 아니면 방으로. 하지만 아빠는 내 맞은편 의자를 빼서 거기에 앉았다. 그러고는 맥주 뚜껑을 따서 한 모금 들이켜고는 아빠 앞에다 조심스럽게 뚜껑과 병을 나란히 내려놓았다. 아빠한테서 맑고 차가운 공기 냄새와 강물 냄새, 그리고 맥주 냄새가 희미하게 났다. 냄새가 좋았다.

나는 아빠랑 같이 낚시를 가도 되는지 물어보고 싶었다. 다음번에는.

아빠가 말했다.

"샘, 네가 무슨 생각을 하는지 좀 알아야겠구나."

"네?"

아빠가 주먹을 쥐었다. 그러고는 다시 "네가 무슨 생각을 하는지 좀 알아야겠다고, 샘." 하고, 이번에는 천천히 말했다. 마치 내가 영어를 할 줄 모른다는 듯이. 마치 같은 말을 되풀이 해 주면 내가 알아들을 거라는 듯이.

"무슨 생각이라뇨?"

그러자 문득 아빠가 클레어 얘기를 하는 건지도 모른다는 생각이 들었다. 내가 클레어랑 쇼핑몰에 간 걸 알고 있었으니까. 내가 가겠다고 했을 때는 정작 아무 말도 하지 않았다.

나는 목과 얼굴이 화끈거리는 것 같았다.

맥스는 나한테서 아빠한테로 요리조리 눈길을 옮기며 열심히 젖병을 빨고 있었다.

아빠가 냉장고 옆 조리대로 팔을 뻗었다. 조리대 위에 우편물이 수북이 쌓여 있었다. 상품 안내서와 청구서 같은 것들이었다. 나는 아빠가 정리해 놓은 걸 어지르고 싶지 않아서 지난 며칠 동안 거기에는 손도 대지 않았다. 아빠는 항상 가지런히 정리를 해 놓는다. 아빠가 한 손으로 우편물 더미를 뒤지더니 봉투를 하나 꺼냈다. 그러고는 식탁 위에, 내 수학 문제지 위에다 툭 떨어뜨렸다.

맥스가 자기도 보고 싶다는 듯이 의자에서 몸을 쑥 내밀었다.

봉투 귀퉁이에 찍힌 대학 위원회 로고가 눈에 들어왔다.

"아, 그거요."

아빠가 왼손을 흔들었다.

"청구서인 줄 알았다. 나한테 온 건 줄 알았어."

나는 고개를 끄덕였다. 무슨 말을 해야 할지 몰랐다. 하지만 결국 입을 뗐다.

"청구서가 아녜요. 그러니까, 아빠가 돈을 내야 되는 게 아니에요."

나는 맥스를 보았다. 맥스도 나를 쳐다보았다.

"내 SAT 성적표예요."

"나도 안다, 샘. 나도 저게 뭔지 알아."

아빠가 맥주병을 앞뒤로 흔들었다.

"대학에 가려고?"

나는 숨을 들이마시고 아빠를 빤히 바라보았다. "아뇨, 당연히 대학 갈 생각 없죠."라고 말하고 싶었다. "로슨 건설에서 일할 거예요. 처음에 정한 대로요."라고 말하고 싶었다. 하지만 그런 말은 하나도 나오지 않았다. 나는 그저 다시 숨을 들이쉬며 고개를 절레절레 젓기만 했다.

"샘, 정말이지……."

아빠는 화가 나 있었다. 주먹을 꽉 움켜쥐며 자세를 바꿔 앉는 것을 보면 알 수 있었다. 맥스도 나중에 내가 화가 나면 알 수 있을 것이다.

"네가 무슨 생각을 하는지 모르겠다."

그때 차고에서 발소리가 났다. 누군가 문을 달각거렸다. 우리 세 사람 모두 고개를 돌렸다.

이내 문이 열리고 진 고모가 안으로 들어왔다. 고모는 불룩하게 튀어나온 천 가방 두 개를 메고 있었다.

"차고 문이 열려 있어서 그냥 들어왔어."

고모가 우리를 보며 싱긋 웃었다.

맥스는 재까닥 젖병을 놓고 고모에게 손을 내밀었다.

"바─바."

고모가 가방을 내려놓고 걸어와 맥스를 안아 올렸다.

"안녕, 우리 강아지."

그러고는 아빠와 나를 쳐다보았다.

"칠리 콘 카르네(칠레 고추와 강낭콩, 토마토, 고기 등을 넣어 만든 매콤한 스튜 종류:옮긴이) 좀 가져왔어. 너무 많이 만들어서 둘이 먹기 벅차더라고. 아마 우리끼리 먹으면 한 달 내내 먹을 거야. 냉장고 구석에서 스파게티 소스도 좀 찾아냈어."

고모는 잠시 말을 멈추고 맥스를 살짝 추어올렸다. 그러고는 아빠를 쳐다보며 말했다.

"왜 그래?"

아빠가 손가락으로 봉투를 탁 튕겼다.

"샘이 대학에 가겠다는 모양인데."

고모가 나를 보았다.

"성적표 받았니?"

나는 고개를 끄덕였다.

"어땠어?"

나는 어깨를 으쓱했다.

"뭐야, 알고 있었어?"

아빠 관자놀이에서 핏줄이 툭 불거져 나왔다.

고모는 허리를 굽혀 젖병을 집어서 맥스에게 주고는 다시 맥스를 추어올렸다.

"그럼, 알고말고. 내가 시험비도 빌려 주고 맥스도 봐 줬는걸."

아빠는 고개를 절레절레 저었다.

"나쁠 것 없잖아, 미치. 난 좋은 생각 같은데."

"누나. 애한테 괜히 바람이나 잔뜩 집어넣고……."

"무슨 바람? 조금은 낙천적으로 보라는 거?"

"도대체 샘이 어떻게 대학에 간다는 거야?"

아빠가 왼손을 쫙 펴고 나를 가리켰다.

"학비는 어떻게 내라고? 어린이집 비용은 또 어쩌고?"

"미치. 샘은 그냥 시험만 봤어. 아무 데도 안 가. 아직은."

고모가 나를 보며 생긋 웃었다.

"그렇지, 샘?"

나는 다시 어깨를 으쓱했다. 마치 두 사람이 모든 말을 다 가지고 있는 것 같았다. 둘 다 나한테는 한 마디도 주지 않았다.

아빠가 손가락으로 나를 가리켰다.

"우린 얘기 다 끝냈잖아, 샘. 약속했잖아. 올해 네가 고등학교를 마칠 때까진 내가 모든 비용을 다 대 주기로. 그러고 나서 넌 로슨 건설에서 일하기로 했잖아."

그러고는 진 고모한테 손가락을 휙 돌렸다.

"좋은 직장이야. 안정된 일자리라고. 어린이집 비용도 넬 수 있어. 나한테 방세를 내며 하숙을 해도 돼. 열심히 일하면 자기 아파트를 살 만큼 충분히 벌 수도 있다고.”

진 고모가 나를 보며 고개를 갸웃했다.

“그게 네가 바라는 거니, 샘? 로슨 건설에서 일하는 게? 공사장에서 일하는 게?”

그러고는 수학 문제지와 펼쳐진 책, 계산기 쪽으로 고갯짓을 했다.

“그러면 행복할까?”

나에게는 여전히 한 마디도 주지 않았다.

나는 다시 어깨를 으쓱했다.

“행복한 거랑은 아무 상관없어. 샘은 지금 뭘 선택할 처지가 아냐, 누나.”

아빠 목소리는 담담했다.

“샘은 이미 선택을 했어.”

고모가 성큼성큼 걸어 다니자 맥스의 머리가 출렁거렸다. 고모는 맥스의 머리가 움직이지 않게 손으로 붙잡았다.

“샘한테 평생 벌을 줄 거니, 미치 페티그루? 샘을 좀 자랑스러워 해 봐.”

두 사람은 아예 내가 여기 있지도 않다는 듯이 내 얘기를 하고 있었다.

“미치. 꼭 나쁜 것만은 아니잖아.”

고모가 말하자 아빠가 코웃음을 쳤다.

"그럼 돈은 어디서 나오는데? 누나가 학비랑 양육비를 내줄 거야? 누나랑 매형이?"

진 고모가 맥스한테 머리를 갖다 대자 고모의 희끗희끗한 머리카락에 맥스의 곱슬곱슬한 연한 금발 머리가 뒤섞였다. 맥스가 손을 뻗어 고모의 얼굴을 톡톡 쳤다.

고모가 말했다.

"우리도 조금은 도와줄 수 있어."

내가 말했다.

"아무도 도와줄 필요……"

"저 애 엄마도 이러길 바랐으리라는 거 알잖아, 미치."

아빠는 뭔가에 찔리기라도 한 듯 몸을 움찔했다. 아빠는 천천히 눈을 감았다가 한참 만에 떴다.

"그 사람이 모르는 일도 많아."

"하지만 난 샘 엄마가 뭘 바랐는지는 알아, 미치. 샘 엄마는 샘이 대학에 갔으면 했어. 나는 샘 엄마가 여기 있다면 어떻게 했을지도 알아."

아빠와 고모는 서로를 빤히 쳐다보고만 있었다. 아빠는 맥주병을 만지작거리고, 진 고모는 맥스를 부둥켜안은 채.

급기야 아빠가 벌떡 일어났다.

"그 사람이 있었다면, 애초에 이런 난장판은 없었을 거야."

그러고는 부엌에서 나갔다.

고모가 한숨을 내쉬었다. 고모 눈에 눈물이 그렁그렁했다. 고모가 맥스의 이마에 입을 맞추었다.

나는 자리에서 일어났다. 고모를 안아 주거나 무슨 짓이든 해야 할 것 같았다. 하지만 그대로 멀거니 서 있기만 했다.

"괜찮아요, 고모. 우린 괜찮아요."

고모의 얼굴이 살짝 구겨졌다.

"집에 가야겠다, 샘. 고모부한테 잠깐만 나갔다 오겠다고 했거든."

고모는 숨을 훅 들이쉬고는 고개로 아직도 문간에 놓여 있는 가방들을 가리켰다.

"얼리든지 냉장실에 넣어 두든지 해. 어떻게 하는지 다 써 붙여 놨어. 참. 맥스 주려고 산 셔츠랑 바지도 몇 벌 들어 있어. 타깃 마트에서 샀단다."

그러고는 고개를 돌리고 맥스에게 다시 쪽 하고 요란스레 입을 맞추었다.

"빠이빠이, 우리 강아지."

고모가 맥스를 건네주었다. 고모는 몸을 기울여 내 이마에도 입을 맞추었다. 그다지 요란하지는 않게.

"걱정 마. 넌 그냥 너랑 아기만 잘 챙기면 돼."

고모가 떠난 뒤, 나는 부엌 한가운데에 우두커니 서 있었다. 음식을 치울까. 아니면 SAT 성적표를 볼까.

맥스가 품에서 몸을 뒤척이며 칭얼거렸다. 어느새 내 가슴에 축축하고 따뜻한 얼룩이 져 있었다.

나는 먼저 기저귀부터 갈아야겠다고 생각했다. 식탁 옆을 지나가면서, 나는 대학 위원회 봉투를 집어 쓰레기통에 던져 넣었다.

　토요일 이른 아침이었다. 그때 나는 여덟 살이었다. 나는 침대에 누워 기다리고 있었다.

　방문이 천천히 열리고 아빠가 머리를 쑥 내밀었다. "샘, 샘, 샘." 하고 아빠가 속삭였다.

　나는 잠든 척 가만히 누워 있었다.

　아빠가 소곤거렸다.

　"낚시하러 가야지."

　"벌써 준비 다 했어!"

　나는 소리치며 침대에서 폴짝 뛰쳐나왔다. 나는 벌써 준비가 다 되어 있었다. 옷을 다 입고 다시 침대에 들어가 있었던 것이다.

　아빠는 정말 재미있다는 듯이, 이런 장난은 처음 봤다는 듯이 하하하 웃음을 터뜨렸다.

　엄마는 부엌에서 팬케이크를 굽고 있었다. 낚시 가는 날이면 엄마는 늘 팬케이크를 구웠다. 엄마는 청바지에 스웨터를 입고 아빠의 커다란 털양말을 신고 있었다.

　"왕발이다."

내가 말하자 엄마가 싱긋 웃었다.

"아빠 또 속였어?"

"응."

나는 식탁에 앉아서 내 팬케이크 위에 시럽을 듬뿍 뿌렸다.

엄마랑 내가 설거지를 하는 동안, 아빠가 트럭에 짐을 실었다. 나는 트럭 앞자리에 올라타서 한가운데에 앉았다. 우리는 개를 기르지 않는데도 트럭에서 비에 젖은 개 냄새가 나는 것 같았다. 의자가 높아서 내 다리가 허공에 달랑달랑 흔들렸다.

"우리 트럭이 앤디네 미니밴보다 훨씬 더 좋아."

아빠가 뒤를 돌아보며 후진해 찻길로 나갔다.

"열여섯 살이 되면 이 트럭은 네 거야. 그때쯤 아빤 새 차를 살 테니까."

아빠가 엄마를 흘끔 쳐다보았지만, 엄마는 창밖을 내다보며 빙그레 웃고 있었다.

"진짜? 내 트럭이 되는 거야?"

나는 그러면 진짜 멋지겠다는 생각이 들었다.

"앤디랑 같이 낚시 가면 되겠다."

엄마가 한숨을 푹 쉬었다.

"너랑 앤디가 이 트럭을 몰고 다니는 생각은 하고 싶지 않구나."

그러고는 나에게 팔을 두르고 꼭 끌어안았다.

"차 안이 데워질 때까지 엄마 좀 따뜻하게 해 주렴."

우리는 아빠의 비밀 장소로 가고 있었다.

"낚시꾼이라면 모름지기 비밀 장소가 있어야지."

아빠가 엄마에게 말하자 엄마가 웃음을 터뜨렸다. 엄마가 내 머리 위로 아빠와 이야기를 주고받다가 살며시 잠이 들었다. 나는 엄마를 깨우지 않으려고 가만히 앉아 있었다. 아빠가 라디오를 아주 조그맣게 틀었다.

아빠의 비밀 장소에는 다른 차가 하나도 없었다. 사람도 없었다. 그냥 강이 있고 바위랑 나무가 잔뜩 있었다. 짙은 구름에 해가 가려 날씨가 흐리고 쌀쌀했다.

"그래도 비는 안 오는군."

아빠가 나에게 바지 장화를 건넸다. 크리스마스 때 아빠가 엄마랑 나한테 선물로 준 것이었다. 나는 바위에 걸터앉아 바지 장화를 신었다. 바지 장화는 크고 무겁고 투박했다. 그걸 신고 걸으니까 꼭 프랑켄슈타인 같았다.

엄마 아빠는 알맞은 낚싯줄이랑 미끼를 고르며 한참 동안 낚시할 채비를 했다. 아빠가 나지막이 콧노래를 흥얼거렸다. 엄마는 나한테 모아 놓은 미끼들을 보여 주었다. 나는 손가락으로 미끼들을 살며시 훑어보았다.

엄마가 물었다.

"붉은날개검정새, 어때?"

"너무 밝아."

아빠가 대답했지만, 엄마는 웃으면서 그 미끼를 엄마 낚싯줄에 묶었다. 그러고는 내 낚싯줄에도 미끼를 묶어 주었다.

"난 샘이랑 같이 있을게. 샘 연습하는 거 좀 봐 주면서."

아빠가 행운의 낚시 모자를 쓰고 엄마를 바라보았다. 얼굴을 찌푸리면서.

"괜찮아? 또 몸이 안 좋은 거 아니지?"

"괜찮아. 그냥…… 물이 이렇게 찬데 너무 깊이 들어가고 싶지 않아서."

엄마가 일부러 몸을 부르르 떨자 나는 아하하 웃었다. 나더러 웃으라고 그런 거니까. 엄마는 먹으면 기분이 안 좋아지는 약 얘기를 꺼내고 싶지 않은 거니까.

아빠가 말했다.

"알았어, 그럼. 나중에 바꾸자."

아빠는 낚싯대를 높이 들고 물속으로 철벅철벅 들어갔다. 그러고는 좋은 자리가 보이자 멈춰 서서 낚싯줄을 머리 위로 까딱까딱 흔들다가, 멀리 내던져서 급류 너머 잔잔한 웅덩이 위로 미끼를 살며시, 부드럽게 내려 앉혔다.

나는 겨우 몇 달 전에 내 낚싯대가 생겼다. 줄도 자꾸 엉켰고 내가 줄을 던져도 아빠처럼 매끄럽게 휙 날아가지 않았다. 하지만 엄마는 쓰러진 나뭇가지에 줄이 감겨도 "잘 했다." 하고 말해 주었다.

엄마가 엉킨 낚싯줄을 풀어 주며 "오늘은 그만해도 될 것 같구나." 하고 말하자 나는 "응, 나도." 하고 대꾸했다. 엄마는 나랑 같이 강가에 돌멩이를 쌓아 작은 만을 만들었다. 그러고는 나뭇가지 배를 이리저리 몰며 놀았다.

갑자기 아빠가 소리쳤다.

"워워, 잠깐! 엄청 묵직한데. 저기 움직이는 것 좀 봐!"

나는 엄마랑 같이 일어나서 바라보았다. 낚싯줄이 물살 속으로 곧게 뻗어 나갔다. 낚싯대는 이제 거의 반으로 휘어져 있었다. 아빠는 싱글싱글 웃으면서 몸을 젖혀 낚싯줄을 팽팽하게 당겼다. 그러고는 물고기가 바위 뒤로 숨지 못하게 솜씨 좋게 바위를 피하며 줄을 풀다가 다시 아빠 쪽으로 잡아당기다가 하며 이리저리 물고기를 몰았다.

마침내 아빠가 낚싯대를 세우고는 물속에 손을 쑥 집어넣었다. 이내 아빠가 우리를 돌아보았다.

"샘, 어서. 들어와 봐."

나는 엄마를 쳐다보았다.

"안 깊어?"

아빠가 대답했다.

"괜찮아. 정말이야. 무릎까지밖에 안 올 거야."

엄마가 말했다.

"가 봐. 안 깊어."

나는 내 돌멩이 만 너머로 발걸음을 뗐다. 바지 장화는 보온이 되는데도 차가운 물이 장화 속까지 그대로 느껴졌다. 나는 팔을 뻗어 균형을 잡았다. 발밑에서 돌멩이가 덜걱덜걱 굴렀다.

나는 엄마를 돌아보았다. "잘 하고 있어." 하고 엄마가 말했다.

이윽고 아빠한테 가자 물이 무릎까지 찼다. 물살이 빨라서 몸이 밀렸다.

아빠는 옆구리에 낚싯대를 끼고 허리를 숙인 채 물고기를 다리로 꽉 붙잡고 있었다. 아빠가 손을 내밀자 나는 비틀비틀 다가가 아빠 옆구리에 꼭 기댔다. 아빠가 나를 살며시 앞으로 밀어서 아빠 다리 사이에 오게 했다. 아빠는 물살을 막아 주고 있었고, 나는 아빠 품에 기대서 있었다. 아빠는 강가에 우뚝 서 있는 오래된 미송 나무들처럼 크고 튼튼했다.

아빠가 물 위로 물고기를 살짝 들어 올렸다. 크다. 물고기는 내 팔만큼이나 길었다. 비늘이 흐릿한 은빛이고, 몸 옆에 붉은 줄이 나 있었다.

아빠가 물었다.

"예쁘지?"

아빠는 손을 더듬어 물고기의 입을 벌렸다. 그러고는 턱에 걸려 있는 미늘 없는 바늘을 살며시 빼냈다.

물고기는 축 늘어져 움직이지 않았다.

"죽었어?"

"아니. 그냥 기운이 빠진 거야. 힘이 얼마나 센데. 잘 싸웠어."

아빠는 다시 허리를 굽혀 물고기를 물속에 넣었다.

"좀 도와 다오, 샘. 꼬리 밑에 한 손을 넣어. 자."

아빠가 팔꿈치로 내 손을 슥 밀어 넣었다.

"한 손은 배 밑에 넣고."

나는 아빠가 시킨 대로 물속에 있는 물고기 밑으로 손을 집어넣었다. 맨손에 닿는 물이 정말로 차가웠다. 아빠는 물고기를 잡은 채 나에게 팔을 둘렀다. 나는 아빠와 물고기에 둘러싸여 있었다.

아빠가 속삭였다.

"이제 잡아."

손으로 잡아 보니 물고기가 묵직하고 거칠거칠했다. 물속에서는 은빛 비늘이 흐릿하지 않았다. 물고기의 은빛 비늘이 깜빡깜빡, 반짝반짝 빛났다. 꼬리가 아주 천천히 부채처럼 흔들리자, 물고기의 온몸으로 움직임이 전해졌다.

아빠가 말했다.

“아가미를 물속에 담가 둬. 어떻게 움직이는지 보렴.”

부드럽고 따뜻한 아빠 목소리가 왼쪽 귓가에 들려왔다.

나는 아가미가 후욱후욱 들썩이는 모습을 바라보았다.

나는 아빠 팔에 감싸인 채 강물 속에 그렇게 서 있었다. 이제 춥지 않았다. 깜빡거리지 않는 물고기의 눈이 밝게 빛났다. 물고기의 꿈틀거림이, 내 손에서 헤엄쳐 나가려고 하는 것이 느껴졌다. 나는 물고기를 더 꽉 움켜쥐었다.

물고기는 꼬리를 더 세차게 흔들며 내 손에서 파닥거렸다.

“느껴지니?”

아빠가 속삭이자 나는 고개를 끄덕였다. 물고기가 다시 파닥거렸다.

아빠 팔 너머로 돌아보니 엄마가 물가에서 우리를 바라보며 웃고 있었다. 나는 엄마한테 뭐라고 말하고 싶었지만 무슨 말을 해야 할지 몰랐다.

아빠가 말했다.

“좋아, 갈 때가 됐구나. 잘 했다, 물고기야.”

아빠가 손을 놓았다.

“잠깐만, 잠깐만.”

나는 그렇게 말하고 손으로 물고기를 감싸고 아빠 팔에 감싸인 채 조금 더 서 있었다.

아빠가 속삭였다.

“이제 놔줘라, 샘. 놔줘.”

나는 손을 놓았다. 은빛과 붉은빛이 번쩍이더니, 물고기는
어느새 사라지고 없었다.

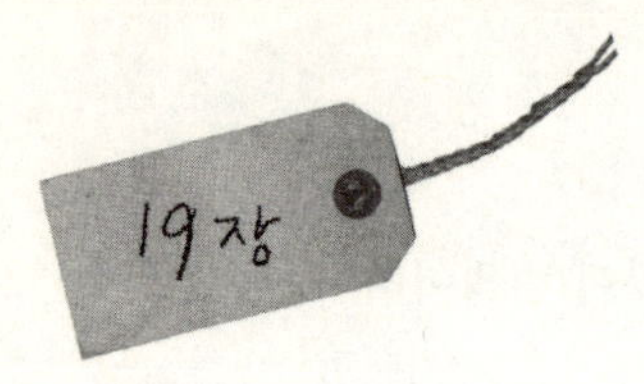

그날 밤에 아빠와 나는 고모가 갖다 준 칠리 콘 카르네를 먹었다. 말은 하지 않았다. 심지어 맥스도 식판을 치거나 으깬 완두콩으로 뽀글뽀글 소리를 내지 않고 조용히 있었다.

아빠가 접시에서 마지막 콩을 긁어내자 내가 말했다.

"내가 설거지할게요."

아빠는 나를 쳐다보지 않고 말했다.

"네가 차렸잖아."

"전자레인지에 넣고 돌렸죠, 아빠. 어지간히 큰일 했죠."

나는 빈 접시와 그릇을 개수대로 가져가서 물을 틀었다.

"아빠. 괴롭게 해서 죄송해요. 화나게 해서 죄송하고요. 실망시켜서 죄송해요. SAT 본 것도 죄송하고요. 그냥 장난 삼아 본 거예요."

나는 물이 그릇 위로 넘쳐 배수구로 흘러 내려가는 것을 물끄러미 바라보았다.

"고모가……"

아빠 목소리가 부드러웠다.

"……평생 너한테 벌줄 거냐고 했던 말 있지? 그거 사실이 아니야."

"알아요."

나는 수도꼭지를 잠그고 아빠 쪽으로 얼굴을 돌렸다.

"엄마가……."

아빠는 말을 멈추고 목을 가다듬었다.

"나한테도 잘못이 있다는 건 처음부터 알고 있었다, 샘."

아빠는 슬프고 지치고 늙어 보였다. 아빠가 손으로 얼굴을 문지르자 그 표정이 사라졌다.

맥스가 까르르 웃음을 터뜨렸다. 그러고는 자기도 얼굴을 슥슥 문지르고 아빠를 보며 해죽 웃었다.

"난 네가 자랑스럽단다, 샘."

맥스의 웃음소리에 묻혀 아빠 목소리가 잘 들리지 않았다.

"알아요."

사실은 몰랐지만, 나는 그렇게 대답했다. 나는 아빠 잘못이 아니라고 말하고 싶었다. 아빠 잘못은 하나도 없다고.

아빠가 맥스를 바라보며 말했다.

"현실을 바로 보자."

"알아요."

그건 정말로 알고 있었다. 현실이 어떤지 나는 익히 알고 있었다.

아빠가 일어섰다.

"오늘 일찍 일어났거든. 가서 자야겠다."

"네, 조용히 할게요."

둘이서 말을 하고 난 뒤로 아빠가 처음으로 나를 쳐다봐서, 나는 잠시 아빠가 뭔가 다른 말을 하려나 싶었다. 하지만 아빠는 다시 고개를 돌리고 부엌에서 나갔다.

아빠와 약속한 것처럼 조용히 하지 못했다. 맥스가 자려고 하지를 않았던 것이다. 심지어 놀거나 우유를 마시거나 목욕통에 다시 앉아 있으려고도 하지 않았다. 맥스는 11시 반이 넘을 때까지 그저 울려고만 했다.

결국 나는 맥스를 아빠 방에서 멀리 떼어 놓으려고 거실로 데리고 갔다. 텔레비전을 켤까 했지만 그러면 맥스가 더 크게 울어 댈 것 같았다. 그래서 불을 다 끄고 여전히 악을 써 대는 맥스를 가슴에 얹고 소파에 누웠다.

나는 맥스의 등을 토닥이며 콧노래를 불렀다. 아빠가 트럭을 몰며 곧잘 불렀던 노래. 너구리와 성경 어쩌고 하는 거였는데. 가사는 기억나지 않았다. 그래서 몽땅 콧노래로 부를 수밖에 없었다.

나는 거실 소파에 앉아 있던 브리타니를 생각했다. 자기는 자기가 생각하던 모습이 아니라던 브리타니를.

티셔츠 너머로 따뜻하고 축축한 맥스의 얼굴이 느껴졌다. 곧이어 맥스가 주먹을 스르르 펴더니, 내 몸 위에서 온몸의 힘을 빼는 것이 느껴졌다. 맥스의 울음소리가 칭얼거리는 소리로 바뀌었다가, 점차 잦아들었다.

나는 그대로 누운 채 천장을 물끄러미 올려다보았다. 조그만 빛 조각들이 보였다. 엄마가 내 여섯 번째 생일잔치 때 천장에 붙여 놓은 야광별이. 나는 가만히 눈을 감았다.

월요일 아침에 육아 수업을 들으러 가는데, 해리먼 선생님이 사무실 밖으로 나왔다.

"샘!"

나는 재빨리 머리를 굴렸다. 경제 숙제는 제때에 냈다. 정치 숙제를 아직 안 내긴 했지만, 워커 선생님은 별로 신경 쓰지 않는다. 가르시아 선생님은 아마 실망했을 테고, 고트 선생님은 늘 나한테 화가 나 있다. 하지만 해리먼 선생님은 빙그레 웃고 있었다.

나는 복도를 지나갔다.

"왜 그러세요?"

선생님이 손을 내밀었다.

"축하한다!"

"네에?"

선생님은 이제 큰 이를 드러내며 활짝 웃고 있었다.

"SAT 점수 말이야! 수학 740점! 잘했다, 샘!"

나는 "거짓말 마세요!"라고 말할 뻔했다. 하지만 그저 선생님 손을 잡고 흔들었다.

"총점 1320점이라니. 정말 잘 나왔어, 샘."

선생님은 여전히 내 손을 잡고 있었다.

"자, 이번 주에 언제 나한테 오너라. 얘기 좀 하자꾸나."

나는 손을 비틀어 빼냈다.

"네. 알겠어요. 그럴게요."

그러고는 복도를 걸어가 모퉁이를 돌아서 사물함에 기댄 채 잠시 서 있었다. 수학 740점. 예상보다 훨씬 잘 나왔다. 더구나 가르시아 선생님이랑 하는 수학이 너무 안 돼서 내가 정말 지진아인가 싶었을 때였는데. 나는 고개를 들어 복도를 내다보며, 누군가 아는 사람이 보여서 이 얘기를 들려줬으면 좋겠다고 생각했다.

그날 밤 초저녁부터 전화벨이 울렸다. 8시에. 나는 클레어가 자기 성적을 말해 주려고 전화했나 싶었다. 하지만 앤디였다.

"별일 없어?"

나는 거실에 앉아 있었다. 맥스는 탁자를 붙잡고 몇 바퀴째 빙글빙글 돌고 있었다.

앤디가 말했다.

"어이, 넌 별일 없냐?"

"별로 없어."

“나도 별로 없어.”

앤디가 미친 사람처럼 낄낄거리며 웃었다. 다시 5학년으로 돌아간 것 같았다. 나는 탁자 위에 발을 올렸다.

“야, 있잖아. 토요일에 진짜 재밌었어. 너랑 클레어 보니까.”

“아. 그래…… 좋았지.”

앤디가 뭔가 만지작거리는 소리가 들렸다.

“왜 전화했냐면, 이번 주말에 엄마 아빠가 어디 가시거든, 그래서 제니가……”

뭘 갖고 노는지 수화기에 덜컥 부딪치는 소리가 났다.

“자러 온대.”

“자러 와?”

이 말도 말하는 사람이 5학년이 아니란 사실을 모른다면 진짜 5학년짜리의 말처럼 들렸다.

“무슨 말인지 알잖아. 야, 제니가 너랑 클레어더러 저녁 먹으러 오래. 토요일 밤에.”

“뭐?”

앤디가 다시 말했다.

“저녁 먹으러 오라고. 토요일 밤에.”

맥스가 열심히 돌아서 내 다리가 길을 막고 있는 곳까지 와 있었다. 맥스는 나를 쳐다보더니 몸을 숙이고 내 바지 위에 침을 뚝뚝 흘렸다. 나는 다리를 내렸다.

"왜 우리한테…… 그러니까…… 너희끼리만 있으면……."

앤디가 한숨을 쉬었다.

"알아, 알아. 실은, 제니가 애들한테 저녁을 만들어 주고 싶대. 댄 제이콥스랑 멜리사 탤벗도 부르려고 하는데, 내가 너네한테 먼저 물어봐야 한다고 했거든. 절대로 제니랑 나 둘이서는 걔네들이랑 저녁 먹지 않을 거라면서. 너, 댄 제이 콥스 기억나냐?"

물론 기억하고 있었다. 나는 뇌 손상이 생긴 게 아니다. 애가 생긴 것뿐이다.

"댄이랑 멜리사는 아직 만나?"

"응, 이번 달에는. 나 참. 정말이지, 넌 그 '댄과 멜리사 쇼'를 못 봐서 천만다행이야."

왜 멜리사는 임신하지 않았을까? 좋은 콘돔을 썼나? 댄이 랑 멜리사야말로 충분히 임신할 만했다. 하지만 나는 곧 그 런 생각을 했다는 것이 미안해졌다.

앤디가 말했다.

"샘, 응? 나 좀 도와줘."

"문제는 말이지, 앤디, 아기를 봐 줄 사람이 없다는 거야."

맥스가 바닥에 털썩 주저앉아 몸을 숙이고 자기 발을 빨려 고 들었다.

"아니, 아니. 그건 상관없어. 제니가 맥스도 데려오래. 클레어도, 어, 있잖아, 그 애, 꼭 데려오고."

"에밀리."

"그래. 다 얘기했어, 제니랑 나랑. 아기 데려오는 거."

"글쎄, 모르겠어. 클레어한테 말해 보고……."

"그럼 나중에 다시 전화해라, 응? 우리 집 번호 아직 알고 있지?"

나는 나직이 한숨을 쉬었다.

"그래, 앤디. 너네 집 번호 아직 알고 있어."

나는 전화를 끊고 나서 클레어의 전화번호를 모르고 있다는 사실을 깨달았다. 그래도 왠지 클레어가 전화를 할 것 같았다. 토요일, 일요일에 전화를 안 했으니 오늘은 틀림없이 전화를 하겠지.

맥스는 9시 반에 잠들었다. 나는 여전히 정치 과목 숙제가 남아 있고, 《주홍 글자》도 읽어야 하고, 수학도 봐야 했다. 나는 책상에 앉아 맥스한테 꼭 해 줘야 할 일들을 잊지 않으려고 만든 목록을 빤히 바라보았다. 거기에 오랫동안 아무것도 적지 않았다.

10시까지 클레어한테서 전화가 없었다.

10시 45분까지도 없었다.

어쩌면 클레어는 나랑 말하기 싫은 건지도 모른다. 어쩌면 나 때문에 화가 났는지도 모른다. 내가 무슨 말을 해서. 무슨 짓을 해서. 또는 하지 않아서.

어쩌면 클레어한테 나 말고 같이 얘기할 사람이 생겼는지도 모른다.

나는 정신 차려, 샘, 하고 생각했다. 그러자 쇼핑몰의 타코벨에서 있었던 일이 떠올랐다. 그 아주머니한테 우리가 가족인 듯이 말하던 일이. 에밀리가 내 딸이라고 믿게 내버려 두던 것이. 어쩌면 클레어가 전화를 하지 않는 편이 나을지도 모른다. 우리가 냉정해지는 편이 더 나을지도 모른다. 아주 조금만 말이다.

11시 5분이 되자 나는 클레어한테 나보다 더 얘기하고 싶은 사람이 생겼다고 확신했다. 그다음 7분하고도 30초 동안은 정말이지 기분이 엉망진창이었다.

클레어가 말했다.

"안녕, 너무 늦어서 미안해."

내가 말했다.

"괜찮아. 신경 쓰지 마."

그러고는 마음이 바뀌기 전에 재빨리 말했다.

"그거 말이야. 토요일 밤에."

"그거?"

"앤디네 집에서."

“앤디네 집에서, 뭐?”

“오래. 우리 모두. 그러니까, 에밀리랑 맥스도.”

클레어는 말꼬리를 길게 늘어뜨리며 “그래.” 하고 말했다.

“무슨 말인지 잘 모르겠는데, 샘.”

“미안.”

나는 숨을 들이마셨다.

“토요일 밤에 앤디네 부모님이 집에 안 계신다고, 앤디랑 제니가 애들을 부르고 있어. 저녁 먹으러 오라고.”

“아하.”

클레어가 웃었다.

“제니답네.”

“그래?”

“9학년 때 마사 스튜어트 책을 읽고 신문에서 요리법을 오려 모았거든. 걔네 엄마도 그럴걸. 유전인가 봐.”

“어떻게 할지 모르겠어. 멜리사 탤벗이랑 댄 제이콥스도 온대. 너 걔네들 알고…… 알았었어?”

“멜리사는 알아.”

클레어는 뭔가 생각하고 있는 듯 콧노래를 살짝 흥얼거렸다.

“흐음, 가는 게 좋겠다.”

“정말?”

“그럼. 재밌을 것 같아.”

“재밌겠다고?”

클레어가 웃었다.

“그래, 샘. 나가서. 사람들 만나는 거. 얘기하는 거. 같이 먹는 거. 재밌을 것 같아. 그렇지 않아?”

“뭐…… 그래.”

클레어가 말했다.

“아, 참. SAT 성적표 받았어?”

“나…… 응.”

“난 1340점 받았어.”

클레어의 목소리에는 자기는 기쁜데 나도 기쁠지 모르겠다는 듯 약간 머뭇거리는 기색이 있었다.

“난 1320점.”

“샘! 잘했다! 수학은 몇 점이야?”

“740점.”

“와아. 난 언어 영역이 750점인데.”

클레어가 한숨을 쉬었다.

“천생 국문학 전공이라니까. 제마는 1400점이래.”

“우아.”

“그렇지. 그 계집애 막 미워하고 싶은데, 그러기엔 애가 성격이 너무 좋아.”

“맞아.”

"그래. 아무튼 앤디한테 갈 거라고 전화해. 나랑 너랑 애들
이랑 간다고."
내가 대답했다.
"알았어. 너랑 나랑 애들이랑."

토요일 밤에 에밀리와 클레어를 태우러 갔다. 앤디네 집까지 내가 운전하고 싶었다. 클레어는 까만색 골반 바지에 통굽 구두를 신고 있어서 키가 10센티는 더 커 보였다. 위에는 몸에 꼭 맞는 파란색 배꼽티를 입고 있었다.

클레어가 내 표정을 보고 씩 웃었다.

"나, 괜찮니?"

"아. 응. 너…… 잘 어울린다."

클레어가 더 씨익 웃었다.

"우리 엄마가 젖 먹이는 엄마는 이런 옷 입으면 안 된대."

"괜찮은 것 같은데."

나도 깨끗한 흰색 티셔츠와 엉덩이에 구멍이 뚫리지 않은 청바지를 입고 오길 잘했다.

우리는 맥스가 타고 있는 내 차 뒷자리에 에밀리와 에밀리의 안전 의자와 기저귀 가방, 클레어의 손가방과 휴대용 요람을 차곡차곡 실었다. 맥스가 에밀리를 잡으려 했지만 안전띠가 맥스를 꽉 붙잡고 있었다. 맥스가 빽 하고 소리를 질렀다.

클레어가 앞자리에 탔다.

"요람은 둘 중 하나가 잠들지도 몰라서 가져왔어. 행운을
빌어 줘."

나는 조심조심 후진해 찻길로 나갔다.

"너네 엄만 아무 말 없었어? 나간다고 하니까?"

클레어가 귀고리를 찰랑거리며 고개를 저었다. 그러고는
얼굴을 찌푸렸다.

"왜? 아빠가 뭐라 그랬어?"

나는 아빠한테 어디 가는지 말했다. 클레어랑 같이 갈 거
라고 했다. 아빠는 그저 그렇게 쳐다볼 뿐이었다. 샘한테 실
망했다는 얼굴로. '네가 자랑스럽다, 샘' 같은 건 이제 없다.

"아무 말도 없었어."

뒤에서 맥스가 또 소리를 빽 질렀다. 나는 휙 돌아보았다.
맥스가 안전띠를 잡아 뜯고 있었다. 녀석이 나를 보더니 다
시 빽 소리쳤다.

"어휴, 맥스. 가만히 좀 있어."

내 목소리가 조금 컸는지 클레어가 나를 보며 눈썹을 추켜
세웠다.

"진정해, 샘. 그냥 신 나서 저러는 거잖아."

나는 고개를 저었다.

"저 소리만 들으면…… 미치겠어."

나는 앤디네 집 골목으로 들어가려고 속도를 줄였다.

"자기의 독립성을 주장하는 거야. 육아책 12장 안 읽어 봤어?"

3주 동안 육아책을 안 읽었다. 국어책을 읽으면 도무지 다른 걸 읽을 수가 없다. 그렇다고 내가 국어책을 읽고 있었던 건 아니지만.

"육아책도 보면 미치겠어."

나는 어떻게 사람들이 그 책 내용을 반이라도 따라 할 거라고 생각했는지 이해가 안 갔다. 더구나 그걸 외우다니.

클레어가 내 다리에 손을 올렸다.

"신경이 좀 날카로운 것 같아. 오늘 모임 때문이니?"

나는 고개를 저었다.

"아니."

클레어의 손에 살며시 힘이 들어갔다.

"있지, 샘. 가끔은 네가 무슨 생각을 하는지 좀 더 얘기해 줬으면 해."

나는 클레어를, 계기판 불에 비친 클레어의 얼굴을 보았다. 그리고 나도 얼마나 그러고 싶었는지 깨달았다.

마침내 내가 말했다.

"숙제가 산더미처럼 쌓여 있어."

"내가 국어 도와줄게. 넌 내 수학 숙제 도와주면 되잖아."

클레어가 내 팔에 손을 얹었다.

"봐. 우리 둘이 모여서 온전한 한 사람이 돼."

나는 무슨 말을 해야 할지 몰랐다.

앤디네 집 마당으로 들어섰다. 우리를 기다리고 있었는지 앤디와 제니가 현관 앞에 나와 있었다. 내가 안전 의자에서 맥스를 내리자마자 제니가 덥석 받아 안았다.

"제니 이모랑 가자."

그러고는 클레어와 함께 부산을 떨며 두 아기를 집 안으로 날랐다.

나는 앤디에게 기저귀 가방과 클레어의 손가방과 내 책가 방을 던졌다. 그러고는 휴대용 요람을 들었다.

앤디가 말했다.

"이런 된장, 내 미식축구 장비보다 무겁네."

'이런 된장'이라니, 너무나 오랜만에 들어 보는 말이다. 그런 말은 거의 앤디만 하니까. 나는 하하 웃었고, 그러고 나니 기분이 좀 좋아졌다.

앤디네 집은 내가 기억하는 그대로였고, 덕분에 나는 기분이 더 좋아졌다. 내가 모르는 것은 아무것도 없는 것 같았다. 제니와 클레어가 부엌으로 들어갔다. 여자애 둘이 식탁에 앉아 쿠어스 깡통 맥주를 마시고 있었다.

"샘, 클레어. 여기는 멜리사와 러네이야."

멜리사가 말했다.

"안녕, 샘. 오랜만이야."

나는 고개를 끄덕였다. 러네이가 손을 까딱 흔들었다. 그 애는 숱이 많은 검은 곱슬머리에 코걸이를 하고 있었다. 전혀 모르는 아이였다. 약간 취한 것 같았다.

클레어가 의자에 앉아 에밀리를 무릎에 앉혔다. 나는 앤디가 들고 있는 짐을 가리켰다.

"이거 어디다 놓을까?"

"기저귀 가방이랑 내 가방은 줘. 요람은 저기 벽에 세워 놓으면 될 거야. 필요하면 쓰게."

"알았어."

나는 모두가, 멜리사와 러네이와 제니와 앤디가 우리를 보고 있다는 것을 알았다. 나는 요람을 내려놓고 맥스 쪽으로 팔을 내밀었다.

"내가 데리고 있을게."

"아, 아냐."

제니가 몸을 옆으로 돌렸다.

"거실에 가서 남자애들이랑 같이 있어."

그러면서 손을 흔들었다.

"정말이야. 괜찮아."

텔레비전 앞에 놓인 소파에 댄이 앉아 있었다. 옆에는 모르는 남자아이가 있었다.

앤디가 말했다.

"샘, 여기는 브랜던. 이 친구도 미식축구 선수야."

브랜던이 일어나서 탁자 위로 손을 내밀며 "브랜던이야."
하고 말했다. 키는 나만 했지만 몸이 훨씬 탄탄했다.

"샘이야."

브랜던은 악수를 하고 다시 자리에 앉았다.

텔레비전에서는 브루스 윌리스가 탁자 밑에 드러누워 탁
자 위에 서 있는 남자에게 총을 쏘아 대고 있었다. 사방에서
기관총 소리가 터져 나와 방 안에 울려 퍼졌다.

앤디가 말했다.

"입체 음향! 새로 샀어!"

"멋지다!"

텔레비전도 새 거였다. 더 컸다.

앤디는 소파 왼쪽에 있는 의자에 앉았다. 그러고는 바로
뒤에 있는 안락의자를 가리켰다.

"네 의자잖아, 샘 페티그루."

나는 거기로 가서 가죽이 뽀드득대는 익숙한 소리를 들으
며 자리에 앉았다. 앤디네 집에 오면 항상 여기에 앉곤 했다.

브랜던이 말했다.

"텔레비전으로 보니 꽝이다. 좋은 장면 다 잘랐네."

"맥주 마실래, 샘?"

앤디가 물었다. 탁자 위에 반쯤 비운 맥주병 세 개와 감자
칩 한 봉지가 놓여 있었다.

"냉장고에 있어."

"난……."

나는 아기들을 집에 태워다 줘야 하기 때문에 마시고 싶지
않았다.

"지금은 괜찮아."

나는 숨을 내쉬었다. 약간이지만, 당황했다. 생각해 보니
남자아이들하고만 있는 것이 얼마만인지 모르겠다. 딱 한
번, 학교 주차장에서 마이클이랑 몇몇 아기 엄마들 남자 친
구들하고 몇 분쯤 서 있던 적은 있었다. 하지만 그때도 아기
얘기를 했다.

브랜던이 리모컨을 집어 들고 채널을 돌리기 시작했다. 빅
토리아 시크릿 속옷 광고가 번쩍 지나갔다.

"잠깐!"

댄과 앤디와 내가 한꺼번에 소리쳤다. 우리는 단 한 마디
도 없이 광고를 끝까지 보았다.

댄이 말했다.

"텔레비전 광고 중에 최고야."

내가 대꾸했다.

"아무렴."

그러고는 편하게 뒤로 살짝 기대앉았다.

앤디가 맥주 한 모금을 들이켰다.

"SAT 성적표 받았어."

앤디는 고개를 설레설레 저었다.

"1240점. 꽤 낮아."

브랜던이 말했다.

"난 980인데. 지난번엔 950을 받았어. 나도 스무 번쯤 계속 치면 웬만큼 점수가 나오겠지."

"그땐 당연히 마흔 살이겠군."

댄이 말하자 브랜던이 주먹으로 퍽 쳤다.

"난 1280 받았어. 언어 640에 수학 640."

브랜던이 말했다.

"이야, 다들 굉장한걸."

그러고는 다시 〈다이 하드〉로 채널을 돌렸다.

"이것 좀 봐. 여기, 진짜 좋아."

그때 내가 나도 모르게 말했다.

"난 수학 740 받았어. 총점 1320."

모두가 나를 바라보았다. 댄은 입에 맥주병을 반쯤 가져가다 멈추었다.

"우아. 샘. 잘했다."

앤디가 손바닥을 내밀자 내가 찰싹 마주 쳤다.

댄이 말했다.

"좋은 대학에 갈 수 있겠는데. 그 점수면."

브랜던이 말했다.

"그래, 음, 난 오리건 주립대 갈 거야. 그거면 되지, 뭐."

브랜던이 일어섰다.

"맥주 더 마실래."

그러고는 부엌으로 어슬렁어슬렁 걸어갔다.

댄이 고개를 저었다.

"난 다른 주로 갈 거야. 더 이상 오리건에서 뭉그적거리고 싶지 않아. 우리 형은 캘리포니아에서 학교 다니고 있어. 형 말로는 여자애들이 날마다 비키니를 입고 다닌다나."

앤디와 내가 웃음을 터뜨렸다.

앤디가 말했다.

"그것도 대학을 고르는 이유지."

댄이 맥주를 쭉 들이켰다.

"거기 공학과도 좋아. 야, 브랜던!"

댄이 소리쳤다.

"내 것도 가져와!"

앤디가 나를 보았다.

"우리가 조지타운 대학교에 간다고 했던 거 기억나?"

나는 고개를 끄덕였다.

"거기 운동 팀 호야스가 좋다며."

앤디가 씩 웃었다.

"내가 조지타운에 들어갈 수 있는 것도 아니었는데."

"응. 나도 기대 안 해."

이내 브랜던이 맥주 두 병을 들고 돌아왔다.

"부엌이 아기들 천지야."

그러고는 댄에게 한 병을 건넸다.

댄이 쿠어스 맥주 한 모금을 마셨다.

"맞아. 어떻게 돼 가? 아기 기르는 거?"

"괜찮아."

브랜던이 물었다.

"하나는 네 애냐?"

나는 고개를 끄덕였다.

브랜던이 맥주를 벌컥 들이켰다.

"짜증 나겠군."

앤디가 말했다.

"브랜던, 입 닥쳐."

그때 러네이와 멜리사가 들어왔다. 러네이가 브랜던의 팔에 팔짱을 꼈다.

"저녁 다 되려면 한참 걸릴 것 같은데, 지루해. 나가서 농구 할래?"

댄이 창밖을 힐끗 내다보았다.

"비 오는 거 아냐?"

멜리사가 얼굴을 찌푸렸다.

"어머머, 너 진짜 겁 많다, 대니얼."

러네이가 말했다.

"좀 전에 그쳤어."

그러자 앤디가 자리에서 일어났다.

"영화가 어떻게 끝나는지 다 알잖아."

"다 젖을 텐데."

댄은 그렇게 말하면서도 맥주를 비우고 일어섰다.

나는 부엌을 지나가다가 걸음을 멈추었다. 제니가 양상추로 뭔가 만들고 있었다. 클레어는 담요를 두르고 에밀리에게 젖을 먹이고 있었다. 맥스는 냄비와 프라이팬들에 둘러싸인 채 바닥 한복판에 앉아 있었다. 녀석이 숟가락으로 냄비 뚜껑을 깡깡 쳐 댔다. 녀석은 나를 쳐다보지도 않았다.

"너도 나가니?"

제니가 물었다. 이런 일은 계획에 없었는지 조금 신경질이 난 것 같았다.

"아마도……."

나는 문 쪽을 가리켰다.

"러네이랑 멜리사가 농구 하고 싶대."

그러고는 클레어를 보았다.

"너도 같이 하자. 아, 그러니까 에밀리 다 먹이고 나서. 내가 데리고 있든가 할게."

클레어는 나를 올려다보며 싱긋 웃었다.

"괜찮아. 밖이 꽤 젖어 있을 텐데."

"댄이 계속 그렇게 말하네."

곧 농구공이 시멘트 바닥을 탕탕 치는 소리가 들렸다.

"춥기도 할 거야."

클레어는 여전히 웃음을 띤 채 고개를 끄덕였다. 제니는 이제 양상추를 뜯고 있었다. 맥스 녀석이 프라이팬을 깡깡 두드렸다.

나는 어떻게 해야 할지 알 수가 없었다. 클레어를 두고 가려니 왠지 마음에 걸렸다. 클레어가 내가 집 안에 있어 줬으면 하는지 어떤지도 알 수 없었다.

하지만 나는 집 안에 있고 싶지는 않았다.

앤디가 부엌문으로 고개를 삐죽 내밀었다.

"샘. 차 좀 빼 줘."

"알았어."

나는 클레어를 보았다.

"금방 갔다 올게."

클레어가 고개를 끄덕였다. 그러고는 제니와 눈길을 나누었다.

나는 차를 도로에 주차했다. 그러고는 걸어서 앤디네 집 마당으로 돌아오는데, 앤디가 공을 던졌다. 앤디가 소리쳤다.

"빨리 생각해, 샘 페티그루!"

그다음부터는 마구잡이 농구였다. 무턱대고 공만 잡으려 드는. 서로 밀고 당기기만 하고 슛은 별로 안 던지는. 10분쯤 그러고 나자 브랜던과 러네이가 거의 자기네끼리 놀면서 더듬고 간질이더니 브랜던이 러네이를 데리고 차고 옆으로 사라졌다. 곧이어 멜리사가 뒤통수에 공을 맞고 계단으로 가서 웅크리고 앉았다. 댄이 어깨를 으쓱하더니 멜리사 옆에 가서 앉았다. 이내 둘은 나지막이 말다툼을 벌였다.

그래서 앤디와 나밖에 남지 않았다.

둘 다 재킷을 입고 있지 않아서 추웠다. 앤디 손에서 공을 뺏으려고 허리를 숙인 채 숨을 헐떡이고 있자니 입김이 하얗게 보였다. 앤디가 내 쪽으로 달려들자 나는 앤디를 힘껏 떠밀면서 손을 홱 뻗어 공을 쳐 내려고 했다. 둘 다 서로에게 약을 올리면서. 앤디가 빙글 돌면서 빠져나가려다가 찍 미끄러져서 엉덩방아를 찧었다. 우리는 너무 웃어서 말도 안 나왔다.

나는 앤디가 주저앉아 있는 틈을 타서 공을 낚아챘다.

"야!"

앤디가 소리치며 벌떡 일어났다. 실력이 녹슨 탓에 앤디한
테 곧바로 공을 뺏겼다. 앤디가 드리블로 따돌리고 슛을 했
다. 공은 백보드에 텅 맞고 튀어나와 마당으로 떨어졌다. 우
리는 공이 도로로 굴러 나가기 전에 잡으려고 쫓아갔다.

내가 앤디를 홱 떠밀며 헐떡였다.

"내 공이야."

앤디가 소리쳤다.

"어림없어! 손 치워!"

그러면서 어깨로 쿵 밀어붙였다. 나는 젖은 시멘트 바닥에
발이 미끄러져서 마당 옆 잔디밭 위로 철퍼덕 엎어졌다. 숨
이 턱 막혔고, 나는 잠시 그대로 엎드린 채 이런 게 얼마나
그리웠는지 생각했다. 힘껏 달리며 몸을 부대끼는 것이 얼마
나 그리웠던가. 그냥 빈둥빈둥 시간을 보내는 것이.

몸을 뒤집어 작은 구름 같은 입김을 바라보고 있자, 추위
때문에 손가락과 귀가 얼얼하고 잔디가 흠뻑 젖어 등이 축축
해졌다. 언제까지나 여기 앤디네 집 마당에서 다음 슛 말고
는 아무것도 생각하지 않으며 있을 수 있다면 얼마나 좋을
까. 이번엔 누가 점수를 딸 것인가만 생각하며 있을 수만 있
다면. 그저 공이 도로로 나가지 않도록 신경 쓰면서.

앤디가 내 위로 몸을 기울였다.

"야, 괜찮아?"

나는 눈을 감았다.

우리 뒤에서 문이 열렸다. "저녁 다 됐어." 하고 제니가 말했다.

배가 고팠지만 일어나고 싶지 않았다. 집 안으로 들어가기 싫었다. 그저 여기 축축한 잔디 위에 누워 있고만 싶었다.

앤디가 말했다.

"샘?"

나는 여전히 눈을 감고 있었다.

"항공 우주국이 목성으로 탐사기를 보냈는데, 압력 때문에 57.6분 만에 산산조각 난 거 아냐?"

앤디가 말했다.

"무슨 뚱딴지같은 소리야, 인마."

나는 눈을 떴다.

"나도 가끔 내가 뚱딴지같아."

앤디가 내 이마에 조심조심 공을 올려놓았다.

"있지, 너 아마도 개똥 위에……."

나는 손을 짚고 몸을 일으켰다. 브랜던과 러네이가 깔깔거리면서 계단을 올라가는 소리가 들렸다.

현관문이 쾅 하고 열렸다.

"샘!"

클레어가 당황한 듯 째질 듯한 소리로 외쳤다.

"샘! 빨리 와 봐!"

나는 거의 앤디를 넘어뜨리다시피 하며 후닥닥 달려갔다. 그러고는 한걸음에 계단을 뛰어올라 브랜던과 러네이를 밀치고 지나갔다. 클레어가 문간에 서서 에밀리를 부둥켜안고 있었다.

"맥스가 다쳤어. 피가 나……."

나는 부엌으로 달려갔다.

제니가 맥스를 안고 있었다. 온 부엌이 피투성이였다. 바닥에도 핏자국. 맥스한테도 핏자국. 얼굴에도, 옷에도, 다리에도. 맥스는 목이 터져라 울부짖고 있었다.

제니한테도 피가 묻어 있었다. 제니는 맥스보다 더 크게 울고 있었다. 맥스가 팔을 허우적거리며 제니를 탁탁 때려 댔다. 제니의 얼굴에 붉은 피가 튀었다.

"어떻게 된 거야? 어떻게 된 거냐고?"

나는 유리 조각을 저벅저벅 밟고 부엌을 가로질러 가서 제니의 품에서 맥스를 낚아챘다. 그러고는 맥스를 안고 피가 어디서 나는지 보려 했지만 맥스가 미친 듯이 날뛰며 버둥거렸다.

제니가 흐느끼듯 말했다.

"포도주 잔을 깨뜨렸어. 미끄러졌어. 그런데 맥스가 너무 빨랐어. 이렇게 빠르다고 말 안 해 줬잖아!"

내 잘못, 내 잘못이다. 내 책임이다.

맥스가 몸부림을 치며 비명을 질렀다. 어느새 내 손과 셔츠에도 피가 묻었다.

"대체 어디서……."

나는 도저히 숨을 고를 수가 없었고, 심장이 너무 세게 뛰어서 터질 것 같았다.

"모르겠어……."

"손이야, 샘."

앤디가 내 팔 너머로 맥스의 오른손을 붙잡고 억지로 폈다.

"봐. 손이잖아."

맥스의 손바닥에 벤 자국이 크게 나 있었다. 시뻘건 피가 손을 타고 손목으로 흘러내렸다. 앤디가 휘파람을 불었다.

"꿰매야겠는걸."

그러더니 손을 뒤로 뻗어 서랍에서 수건을 끄집어냈다.

"꽉 잡고 있어."

나는 왼팔로 맥스를 누르고는 상처에 수건을 갖다 대고 꽉 움켜쥐었다. 맥스가 빠져나가려고 발버둥 쳤지만, 내 힘을 이길 수는 없었다. 눈물과 콧물과 침이 맥스의 얼굴을 타고 내 팔 위로 흘러내렸다.

클레어가 말했다.

"구급차 안 불러도 될까?"

클레어는 부엌 문간에 서 있었고, 에밀리는 눈이 휘둥그레져서 클레어의 품에 끽소리 없이 안겨 있었다. 브랜던과 러네이가 클레어 뒤에서 서성거리고 있었는데, 식당이 어두워서 얼굴이 하얗게 보였다.

"아니."

나는 더 이상 그 피와 울음소리를 그냥 내버려 둘 수 없었다. 당장 움직여야 했다. 무엇이든 해야 했다.

"어서 응급실로 데려가야겠어."

앤디가 차 열쇠를 딸랑거리며 말했다.

"내가 운전할게. 넌 맥스 잡고 있어야 하잖아."

나는 맥스를 부둥켜안고 앤디를 따라 차고로 갔다. 클레어가 뭐라고 말한 것 같았는데 들을 틈이 없었다.

앤디가 차를 쌩쌩 달렸다. 앤디는 원래 운전을 잘 했다. 고속 도로 진입로에 들어서자 앤디가 말했다.

"217번 도로를 타면, 성 빈센트 병원까지 직진이야. 10분이면 돼. 빠르면 7분."

나는 고개를 끄덕였다. 맥스는 아직도 울고 있었지만, 더 이상 몸을 뒤틀며 버둥거리지는 않았다.

앤디가 말했다.

"맙소사, 온통 피투성이였어."

그러고는 나를 흘끗 보았다.

"샘, 손만 벤 거야. 진짜로. 그냥 손 좀 베인 것뿐이야. 별 것 아니라고."

앤디가 맥스의 머리에 손을 얹었다.

"어이, 자네 처음 꿰매 보겠군, 친구. 동지가 된 걸 환영한다."

나는 숨을 크게 쉬었다. 맥스도 힉 하고 숨을 크게 쉬었다. 이제 더 이상 아드레날린이 내 몸을 쌩쌩 돌아다니지 않았지만, 그 금속 맛 같은 아릿함은 아직 남아 있었다. 나는 맥이 빠지고 속이 울렁거렸다.

"괜찮을 거야, 맥스."

내가 말하자 맥스가 다시 울음을 터뜨렸다.

앤디는 응급실 바로 옆에 차를 세워 놓았다. 맥스는 우리가 커다란 유리문 안으로 달려 들어갈 때도 여전히 앙앙 울고 있었다. 하도 울어서 목이 다 쉬어 버렸다.

한 아주머니가 접수대에 앉아 컴퓨터 화면을 보고 있었다. 내가 맥스를 데리고 가자 어떤 간호사가 왼쪽에 있는 여닫이 문을 열고 나왔다.

"무슨 일이에요?"

간호사가 나한테서 맥스를 낚아채자 맥스가 더 크게 악을 썼다.

"무슨 일이죠?"

간호사가 맥스보다 더 크게 소리치며 다시 말했다.

그러자 나는 문득 무슨 일이 일어났는지 정확히 모르고 있음을 깨달았다.

앤디가 말했다.

"손을 벴어요. 유리가 깨졌는데, 아기가 바닥에 앉아 있어서……."

간호사가 앤디에게 말했다.

"동생이에요? 보호자가 있어야 되는데."

내가 말했다.

"제가 보호자예요. 아빠예요."

간호사가 고개를 끄덕였다. 그러고는 맥스에게 "괜찮아, 아가야." 하고 말하고는 나를 보았다.

"아기 이름은?"

앤디와 나는 같이 대답했다.

"맥스요."

간호사가 맥스를 데리고 여닫이문으로 들어갔다.

"저기……"

내가 말하자 처음에 보았던 아주머니가 접수대 뒤에서 몸을 내밀었다.

"서류 좀 작성해 줘요."

우리가 서류를 다 작성하고 나자 그 아주머니가 말했다.

"보험 회사로 청구될 거예요."

나는 고개를 끄덕였다.

"이제 가 봐도 되나요? 맥스한테?"

아주머니가 웃음을 지었다.

"그냥 대기실에 편하게 있어요. 곧 누군가 나올 테니까."

나는 대기실을 둘러보았다. 의자와 소파와 전등이 놓인 작은 탁자들이 있어서 마치 거대한 거실 같았다. 대기실 창가 구석 자리에 한 남자가 앉아 있었다. 잠든 것 같았다. 거기 말고는 다 빈자리였다.

나는 여닫이문에서 가장 가까운 소파에 앉았다. 앤디가 내

218

옆에 와서 앉았다. 그러더니 도로 벌떡 일어났다.

"가서 전화 좀 찾아볼게. 잘 도착했다고 알려야지."

앤디는 대기실을 뚜벅뚜벅 가로질러 가더니 복도를 따라 사라졌다.

나는 소파에 머리를 기댔다. 배에서 꾸르륵 소리가 났다. 손과 팔이 피로 끈적거렸다.

그때 바깥쪽 문이 휙 열리더니 웬 아주머니와 꼬마가 들어왔다. 꼬마는 왼팔을 몸에 딱 붙인 채 오른팔로 감싸고 있었다. 두 사람은 나를 빤히 쳐다보다가 눈길을 돌렸다.

다른 간호사가 나오자 아주머니가 말했다.

"손목이요. 부러진 것 같아요."

아주머니의 목소리는 마치 오랫동안 그 말을 억누르고 있다가 갑자기 터뜨리는 것처럼 크고 날카로웠다.

간호사가 꼬마를 문 안으로 데리고 갔고, 접수하는 아주머니가 꼬마 엄마를 데려갔다.

이내 앤디가 돌아왔다. 앤디는 웃고 있었다.

"어떻게 이런 일이."

"뭐가?"

"알고 보니, 맥스 피가 아니었어. 거의 다 제니 피였어."

"제니 피였다고?"

"응. 너무 흥분해서 눈치도 못 챘대. 발바닥을 크게 베인 것 같아. 신발을 안 신고 있었잖아."

"여기로 온대?"

나는 제니가 피투성이가 되어 들어오는 모습을 상상했다. 사람들이…… 무슨 생각을 할지 알 수가 없었다.

"아니. 메리디언 파크 병원에 간대. 제니 아버지가 거기서 일하시거든."

앤디는 자리에 앉아 손으로 머리를 감쌌다.

"정말 간단해 보였는데 말이야. 애들 몇 명 초대해서 저녁 먹는 것쯤은."

대기실 저편에서 접수하는 아주머니가 아까 그 꼬마 엄마를 여닫이문 너머로 데려가고 있었다. 어째서 저 아주머니는 들어갈 수 있는 거지? 엄마라서 그런가? 맥스도 엄마가 있다면 지금 저기에 같이 있어 줄 사람이 있었을까?

앤디가 말했다.

"……클레어가 혼자 있으니까."

나는 앤디를 쳐다보았다.

"뭐라고?"

앤디가 한숨을 쉬었다.

"멜리사랑 댄은 가 버렸어. 멜리사가 피 같은 걸 못 참거든. 그래서 브랜던이 제니를 데리고 병원에 가겠다니까 러네이도 따라간다고 했대. 몰라. 에밀리 안전 의자 어쩌고 하던

데.”

“내 차에 있어. 차는 잠겨 있고. 아마 클레어는 안전 의자
가 없어서 못 가는 걸 거야.”

“아. 그래. 그럼 클레어는 네가 전화하겠지 하고…….”

“할 거야. 뭔가 확실히 알게 되면.”

“어이, 그래서 말인데. 난 여기서 하는 일이 없잖아…….”

나는 똑바로 앉았다.

“그래, 앤디. 넌 집에 가. 클레어랑 에밀리하고 같이 있어
줘. 차가 필요하면 전화할게.”

나는 여닫이문 너머를 쳐다보았다.

“오래 걸릴 거야.”

앤디가 자리에서 일어났다.

“내 생각도 그래. 그래도 전화해라. 당장 달려올 테니까.
진짜야.”

“고맙다, 앤디.”

나는 손을 내밀고 악수를 했다.

앤디가 바지에 손을 쓱쓱 닦으며 말했다.

“가서 좀 씻지 그래, 샘.”

화장실에 갔다 오니 남자 두 명이 내 소파를 차지하고 있
었다. 나는 구석에 있는 의자에 앉았다. 혼자 있어 본 지가
얼마 만인지 몰랐다. 나는 몸을 수그리고 깨끗해진 손을 물

끄러미 내려다보았다. 그리고 맥스와 나와 그동안 일어났던 일을 생각했다. 나는 클레어와 에밀리를 생각했다. 그리고 뭔가를 당연히 알고 있다고 생각했는데, 그렇게 철석같이 믿었는데 사실은 아무것도 모르고 있었다는 것을 깨닫다니, 얼마나 이상한 일인가 생각했다.

한참 뒤에 처음 보는 여자가 초록색 수술복 차림에 목에 청진기를 두르고 여닫이문으로 나왔다. 손에는 진료 차트를 들고 있었다. 그 여자가 나를 보았다.

"페티그루 씨?"

나는 아빠가 지금 여기 없다고 대답할 뻔하다가 간신히 입을 다물었다. 그러고는 고개를 끄덕이며 일어섰다.

그 여자가 손을 내밀었다.

"담당 의사 피셔입니다."

의사는 가르시아 선생님보다도 키가 작고, 손도 너무나 작아 내 손 안에서 으스러질 것만 같았다. 눈 밑에는 검은 그늘이 져 있고, 잠을 잘못 잤는지 머리가 뻗쳐 있었다. 의사는 나보다 두 살쯤 많아 보였다.

의사가 말했다.

"제가 맥스를 치료했어요."

나는 목구멍에 걸린 덩어리를 삼키려 했지만, 삼키지 못하고 다시 고개만 끄덕였다.

의사가 오른손을 들었다.

"손에 난 상처 말예요. 여기……."

그러면서 손가락으로 엄지 아래쪽을 슥 그었다.

"꽤 깊었어요. 몇 바늘이나 꿰맸어요."

그러고는 손을 내리더니, 갑작스레 얼굴을 활짝 펴고 환히 웃었다.

"괜찮아요. 좀 심하게 보인 것뿐이에요."

갑자기 내 폐가 평소보다 두 배는 커진 것 같았다. 몸속으로 공기가 쏴아 밀려들었다.

"가서 볼래요?"

의사가 여전히 웃음을 띤 채 물었다.

"네."

나는 의사를 따라 문을 지나서 좁은 복도를 따라가 작은 진찰실로 들어갔다. 구석에 간호사 한 명이 앉아 있었다. 그 간호사가 맥스를 안고 있었다. 맥스는 몸에 기저귀만 차고 있었다. 몸에 걸친 거라고는 기저귀와 양손에 하나씩 친친 감은 붕대가 전부였다. 맥스는 우유를 먹고 있었다.

간호사가 말했다.

"소아과에서 분유를 좀 얻어 왔어요. 이 꼬마, 정말 용감하게 있어 줬거든요."

내가 의사에게 물었다.

"두 손 다 다쳤나요?"

의사가 고개를 끄덕였다.

"왼손에 얕게 베인 상처가 좀 있었어요. 유리 조각도 몇 개 빼냈고요."

맥스가 내 목소리를 듣고 꿈틀거렸다. 그러고는 이제 젖병을 밀어 놓고 말없이 손을 내밀었다.

나는 다가가서 맥스를 안아 올렸다. 맥스가 팔로 내 목을 꼭 끌어안고 내 어깨에 머리를 기댔다. 맥스는 왼쪽 손가락으로 내 목에 난 곱슬곱슬한 머리카락을 살며시 감아쥐었다.

나는 맥스를 바짝 끌어당겨 꽈악 끌어안았다.

의사가 맥스의 등에 손을 얹었다.

"그래서 정확히 어떻게 된 건가요?"

내가 몇 차례 숨을 크게 쉬자, 맥스도 숨을 하나하나 나한테 맞추어 쉬는 것 같았다.

"부엌 바닥에 앉아 있었어요. 냄비랑 프라이팬을 가지고 놀면서요. 그때 제니가……"

나는 하마터면 '포도주 잔'이라고 말할 뻔했다.

"유리잔 두 개를 떨어뜨렸어요. 그게 깨졌는데, 맥스가 조각을 움켜쥔 거예요."

의사가 고개를 끄덕이며 진료 차트에 기록했다.

"제니가 아기 엄마인가요?"

"아뇨. 앤디 친구예요. 우린 앤디네 집에 있었거든요."

설명해야 될 것이 너무 많았다.

의사가 물었다.

"아기 엄마는 어디 있죠?"

나는 그래서 뭐가 달라지냐고 묻고 싶었다. 하지만 "보이시에요."라고 대답했다. 의사와 간호사가 옆에서 서로 쳐다보자 나는 맥스를 더 꽉 끌어안았다.

"제가 양육 부모예요."

의사가 다시 진료 차트를 보았다. 눈 밑 그늘이 더 시커메지고, 얼굴이 바싹 야위어 보였다.

"저어, 샘. 샘 맞죠?"

나는 고개를 끄덕였다.

"정말 조심해야 돼요. 매 순간 지켜보고 있어야 하죠. 특히 움직임이 더 활발해질 때는요."

나는 고개를 끄덕였다. 맥스가 손가락에 힘을 주자 머리카락이 땅겼다. 나는 맥스를 지켜보았다. 늘 지켜보았다. 거의 매 순간.

복도에서 목소리가 들렸다. 여자 목소리, 접수하는 아주머니 목소리와 남자 목소리. 내가 아는 목소리다.

"여기 있네요."

접수하는 아주머니가 말하자 아빠가 뚜벅뚜벅 걸어들어

왔다.

모두가 그저 아빠를 가만히 바라보고 있었다. 의사, 간호사, 나, 맥스 모두.

아빠가 말했다.

"클레어가 전화했다. 네가……"

아빠 얼굴이 살짝 실룩였다.

"도움이 필요할지도 모른다고."

아빠는 십중팔구 화가 났을 것이다. 틀림없이, 정말로, 진짜로 열 받았을 것이다. 그런데도 나는 세차게 밀려드는 안도감에 거의 주저앉을 뻔했다.

하지만 주저앉지 않았다. 나는 맥스를 더 꽉 부둥켜안으며 말했다.

"집에 태워다 주세요."

아빠가 비닐봉지를 들어 올렸다.

"맥스 옷을 가져왔다."

맥스는 진료대에 내려놓자 칭얼거리긴 했지만, 아빠가 가져온 셔츠와 바지를 입히는 대로 가만히 있었다. 진 고모가 타깃 마트에서 사 온 옷이었다. 아직 가격표도 그대로 붙어 있었다.

의사가 아빠와 얘기하며 어떻게 꿰맸는지 설명했다. 그리고 왜 사회 복지과에 연락할 필요가 없다고 생각했는지도. 의사는 줄곧 웃고 있었다. 아빠는 아직도 뭐가 뭔지 잘 모르겠다는 듯 조금 어리둥절한 표정이었다.

옷을 입히고 안아 올리자, 맥스가 다시 내 목에 팔을 둘렀다. 의사가 붕대 가는 법과 소독 연고 바르는 법을 설명해 주었다. 의사는 줄곧 "샘, 이렇게 해요.", "샘, 저렇게 해요." 하면서도 계속 어깨 너머로 아빠를 쳐다보며 아빠가 듣고 있는지, 다 알아들었는지 살폈다. 그래서 나는 그저 맥스만 꼭 붙들고 있었다.

마침내 나는 의사가 해야 할 말을 다 듣고 나서 진료 차트에 무슨 서명을 한 뒤 맥스와 함께 아빠를 따라 주차장으로 나갔다.

문 근처 전등불 밑에 내 차가 세워져 있었다.

"어떻게 가져왔어요?"

"그 애…… 클레어가 그러더구나. 앤디네 집에 차가 잠긴 채로 있다고. 자기네 안전 의자도 꺼내야 하고, 너도 맥스 안전 의자가 필요할 거라고."

나는 아빠가 조수석 문을 열고 의자를 앞으로 접자 뒷자리에 맥스를 앉혔다.

"예비 열쇠를 가지고 테드 고모부 차를 타고 갔어. 네 책가방도 거기 있다. 그 애…… 클레어가 다 싸서 챙겨 놨더라."

나는 맥스를 안전 의자에 앉히면 울고불고할까 봐 걱정했지만, 집에 간다는 것을 아는지 맥스는 그저 한숨을 폭 쉬며 머리를 뒤로 기댔다.

나도 조수석에 타서 뒤로 기댔다. 마치 1학년 때 육상 코치 선생님의 눈에 들려고 1600미터를 5분 안에 뛰려던 때 같았다. 진이 다 빠지고 다리가 후들거렸다.

맥스는 차 안에서 곤히 잠들었다. 아마 맥스도 몹시 피곤할 것이다. 맥스는 집으로 안고 들어갈 때도, 침대에 살며시 눕혔을 때도 깨지 않았다. 나는 그곳에 서서 붕대에 감긴 손을 머리 위로 쳐들고 대자로 뻗어 자는 맥스를 바라보았다.

그러고는 이불을 끌어당겨 덮어 주고 창문이 닫혔는지 확인한 다음, 혹시 맥스가 깨서 무서울까 봐 탁상 등을 켜 놓았다.

아빠가 들어와서 내 어깨에 손을 얹었다. 드디어 아빠가 시작하려나 보다 싶었다. 무슨 멍청한 짓이냐고 하겠지. 무책임하다면서. 하지만 아빠는 "몹시 피곤해 보이는구나." 하고 말했다.

나는 머리를 흔들었다.

"그런 일이 일어나게 내버려 뒀다니, 믿을 수가 없어요. 어쩜 그렇게 멍청할 수가."

아빠가 내 어깨를 토닥였다.

"좀 자거라. 자고 나면 괜찮아질 거야."

"네. 그래요."

나는 침대 위에 풀썩 쓰러졌다. 너무 힘들어서 옷도 벗을 수 없었다. 아빠가 신발을 벗겨 주었다. 그러고는 이불을 끌어당겨 덮어 주었다.

"불 끌까?"

"아뇨. 맥스가 있으니까 그냥 두세요."

"알았다. 맥스가 있으니까 그냥 둘게."

나는 그곳에 그대로 드러누워 천장을 물끄러미 바라보았다. 어째서인지 손목이 부러졌던 그 꼬마와 꼬마 엄마가 떠올랐다. 나는 문득 괜찮을까 궁금했다. 그리고 내가 해야 된다고 알고 있는 일들을 과연 잘 할 수 있을까 생각했다.

우리는 8시 5분이 되어서야 일어났다. 나는 부엌에 가서 맥스의 젖병을 데워 방으로 가지고 왔다. 그러고는 맥스를 안고 다시 침대로 들어갔다. 나는 침대 머리판에 기대어 맥스에게 젖병을 물렸다. 그러고 있으니 맥스가 너무 어려서 한밤중에도 우유를 먹여야 했던 때가 생각났다. 이제 맥스는 붕대가 있어도 혼자서 젖병을 쥘 수 있지만 지금은 내 품에 기대어 눈을 반쯤 감고 꿈을 꾸듯 젖병을 빨고 있다. 맥스가 오른팔을 위로 뻗자, 나는 몸을 살짝 웅크려서 맥스가 내 얼굴을 만질 수 있게 해 주었다.

나는 나지막이 속삭였다.

"사랑해, 맥스. 병원에서 처음 만난 날부터. 쭉 널 사랑했어."

나는 맥스를 욕실로 데려가 기저귀를 갈고 손에 감은 붕대도 새로 갈아 주었다. 맥스는 상처에 연고를 바르는데도 평소처럼 몸을 뒤틀며 발버둥을 치지 않았다. 나는 거울에 비친 내 모습을 들여다보았다. 옷을 입은 채로 그대로 잤다. 셔츠에는 피가 묻어 있다. 제니 것 아니면 맥스 것. 이마에는 머리카락이 덕지덕지 들러붙어 있었다.

나는 맥스를 침대에 앉히고 코니 고모가 보내 준 토끼 인형을 주었다. 맥스가 입안에 토끼 귀 한쪽을 쏙 집어넣고 잘

근잘근 씹었다.

나는 샤워기 물을 아주 뜨겁게 틀고 쏟아지는 물줄기에 몸을 맡긴 채 발 주위의 비눗물 웅덩이를 바라보며 우두커니 서 있었다.

나는 옷을 입고 맥스를 부엌으로 데려갔다. 아빠가 식탁에 앉아 있었다. 조리대 위에는 반죽 그릇이 놓여 있었다.

"팬케이크 만들려고. 맥스가 팬케이크 좋아하니?"

"모르겠어요."

맥스에게 먹여 보니 아주 잘 먹었다. 맥스는 아기 의자에 앉아 있고, 아빠는 팬케이크를 포크 끝으로 조금씩 떠서 천천히 먹여 주었다. 아빠가 바보 같은 목소리로 말을 걸자 맥스가 입속에서 곤죽이 된 팬케이크를 드러내 보이며 까르르 웃었다.

아빠가 나를 흘끗 보았다.

"네 것도 만들어 났다."

어제 점심 이후로 아무것도 먹지 않았지만, 왜 그런지 배가 고프지 않았다.

"나중에 먹을게요."

나는 그곳에 앉아 아빠가 맥스에게 팬케이크 먹이는 모습을 바라보며, 어떻게 하면 그동안 생각해 온 것을 말로 할 수 있을까 곰곰이 생각해 보았다.

초인종이 울렸다.

"내가 나갈게요."

클레어가 현관에 서 있었다.

"안녕!"

클레어는 탁탁 뛰면서 작은 구름처럼 숨을 훅훅 내뿜었다. 체육복 바지에 모자가 달린 나이키 운동복 차림이었다. 머리는 뒤로 바짝 올려 묶고 있었다.

"달리기하러 나왔다가, 너네 잘 있는지 봐야겠다 싶어서. 그러니까, 맥스는 괜찮지?"

"나…… 아니. 맥스는 괜찮아. 클레어, 아아……."

나는 고개를 저었다.

"미안해. 어젯밤에 전화했어야 하는데."

클레어가 우뚝 멈춰 섰다.

"정말로 안 좋은 일이 생겼으면 전화하겠지 했어. 맥스 봐도 되니?"

나는 뒤로 물러섰다.

"그럼. 들어와."

클레어가 나를 따라 부엌으로 들어왔다.

내가 말했다.

"클레어예요."

아빠가 고개를 끄덕였다.

클레어가 몸을 숙여 맥스의 머리를 토닥였다.

"어이, 꼬마 친구. 너 때문에 우리 간 떨어지는 줄 알았잖아."

나는 설명하듯 말했다.

"오른손은 꿰맸지만 왼손은 살짝 베인 거라 괜찮아."

그러자 아빠도 덧붙였다.

"맥스는 괜찮다."

"잘됐네요. 정말로 잘됐어요."

이내 클레어는 윗옷 주머니에 손을 쑤셔 넣었다.

"가 봐야겠어요."

나는 클레어한테도 말해 줘야 한다는 것을 알고 있었다.

"아빠. 괜찮으면…… 맥스 좀 봐 줄래요? 잠깐만요."

나는 문 쪽으로 고갯짓을 했다.

"클레어랑 같이 학교까지 걷게요. 학교까지만 갔다 돌아올게요."

나는 클레어를 바라보았다. 클레어도 나를 보고 있었다. 놀랐지만, 기쁜 얼굴이었다. 어쩌면 안심했는지도 모른다.

아빠가 말했다.

"그래. 괜찮아."

아빠가 휴지로 맥스의 얼굴을 닦았다. 휴지가 맥스의 뺨에 달라붙었다.

"잠깐이야 괜찮겠지."

나는 재킷을 들고 클레어를 쫓아갔다. 길을 따라 걸어갈 때 클레어가 내 손에 자기 손을 살짝 밀어 넣었다.

"전화 못 해서 미안해."

내가 말하자 클레어가 내 손을 꼭 쥐었다.

"이해해. 정신이 하나도 없었겠지."

나는 고개를 저었다. 이제껏 일어난 일 가운데 가장 끔찍한 일이었다.

"너 가고 나서 어땠는지 봤어야 하는데. 제니 양말을 벗겨 보니 이만큼 큰 상처가 푹 파여 있지 뭐야. 멜리사는 미친 듯이 날뛰고, 제니는 계속 울기만 하고, 브랜던은 다들 진정하라고 고래고래 소리를 쳐 댔지."

클레어가 고개를 젓자 하나로 묶은 머리가 내 어깨를 스치며 찰랑거렸다.

"제니는 괜찮아?"

"응. 제니도 꿰맸어. 그래도 이상한 거 있지? 모두 병원으로 가고 나서 청소를 했거든. 그런데 정말로 깨진 건 그 조그만 포도주 잔 두 개뿐이지 뭐야."

클레어가 다시 고개를 설레설레 저었다.

"부엌 꼴을 보면 집 안에 있는 그 빌어먹을 유리잔을 몽땅 깨 먹은 줄 알 거야."

우리는 말없이 올더 가와 시카모어 가를 지나서 동네 초등
학교 앞뜰의 잔디밭 위로 걸어갔다. 그러고는 체육관 뒤로
돌아 놀이터로 갔다.

나는 그네에 앉았다. 클레어는 놀이 기구 중간까지 올라갔다.

"너, 이 학교 다녔어?"

"유치원부터 5학년 때까지."

나는 쇠사슬을 붙잡고 몸을 뒤로 젖혔다. 하늘에는 우중충
한 잿빛 구름이 짙게 깔려 있었다. 다시 비가 올 것 같았다.

"난 퍼 그로브에 다녔어. 1학년 때 미끄럼틀을 되게 무서
워했지. 도저히 못 내려가겠더라고."

클레어는 놀이 기구를 저벅저벅 올라가 미끄럼틀 꼭대기
까지 갔다. 그러더니 팔을 번쩍 쳐들고 씽하니 내려왔다. 클
레어가 그네 쪽으로 걸어왔다. 그러고는 내 옆에 있는 그네
에 앉아 내 다리를 토닥였다.

"왜 그래, 샘?"

나는 클레어가 그렇게 묻던 순간들이 떠올랐다. 그때마다
나는 "아무것도 아냐."라고 대답했다. 아니면 적당히 둘러대
거나.

"맥스를 입양 보낼까 해."

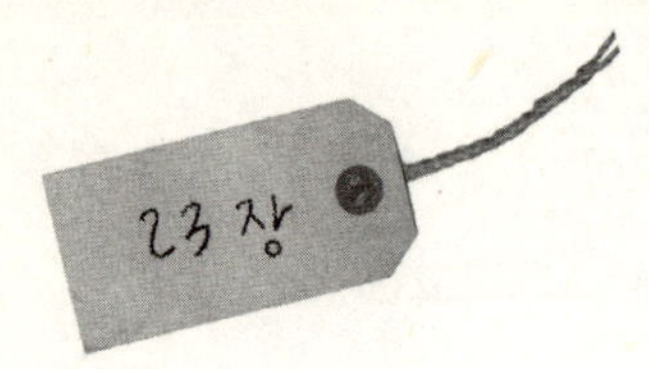

내 다리에 놓인 클레어의 손에 힘이 들어갔다.

"샘?"

클레어가 몸을 숙이고 내 얼굴을 들여다보려고 했다.

"샘. 무슨 말이야?"

나는 몸을 수그리고 앉아 무릎에 팔꿈치를 대고 손을 축 늘어뜨렸다.

"더 이상 못하겠어, 클레어. 맥스한테 못할 짓이야."

삐거덕 하고 쇠사슬 소리가 나는 것을 보니, 클레어가 다시 그네를 뒤로 미는 모양이었다.

"그냥 손 좀 베인 것뿐이잖아."

바람에 나뭇잎들이 날려 올라가 촘촘한 원을 그리며 빙빙 돌았다.

"꼭 어젯밤 일 때문이 아냐. 그게 아니라…… 이것저것 온갖 것들이 다."

나는 클레어를 바라보았다.

"전부터 계속 생각하고 있었어."

클레어는 단어 유추나 기하 문제 같은 것을 풀려고 애쓸 때처럼 얼굴을 찡그리고 있었다.

"대학에 가려고 그래?"

"아냐. 대학 때문이 아냐."

나는 마음속으로 어떻게 보면 그것보다는 앤디랑 농구를 하고 싶어서라고 생각했다. 하지만 그렇게 말할 순 없었다.

클레어가 다시 몸을 숙이며 두 손으로 무릎을 꼭 움켜쥐었다.

"그게, 그러니까, 네가 그렇게 하지 않아도……. 계획도 세워 놨잖아, 응? 공사 일 한다며? 네가 그렇게 하지 않아도……. 아무것도 변하지 않았어."

나는 고개를 저었다. 그래. 아무것도 변하지 않았다.

"난 네가 알고 있는 줄 알았어……. 그날 도서관에서, 네가 뭘 하고 싶은지 안다고 했잖아."

클레어의 목소리가 가늘게 떨리고 있었다. 애써 울음을 참고 있는 것처럼.

"나도 그런 줄 알았어, 클레어. 정말로, 정말로 나도 알고 있는 줄 알았어."

"들어 봐."

클레어가 벌떡 일어서자 클레어가 타고 있던 그네가 내 다리에 부딪혔다. 클레어는 내 앞으로 와서 그네의 사슬을 꼭 움켜쥐었다.

"어젯밤엔 힘들었겠지, 샘. 그야 당연해. 나도 다 이해

해……. 하지만, 이런 건, 적어도 해리먼 선생님이랑은 얘기
해 봐야 돼. 사람들이 도와줄 거야. 기꺼이 널 도와줄 거야.
네가 노력만 한다면.”

“클레어.”

나는 팔을 들어 클레어의 손을 감싸 쥐었다. 그리고 그네
를 탈 때처럼 뒷걸음질 쳐서 클레어를 마주 보고 섰다.

“계속 노력했어. 최선을 다해 노력했어.”

클레어가 눈을 감았다가 다시 뜨자, 눈에 눈물이 가득 고
여 있었다. 클레어는 쇠사슬을 힘껏 흔들고는 내 손에서 손
을 빼냈다. 그러고는 돌아서서 걸어가 버렸다. 쫓아가서 잡
아야 하는 건지 알 수 없었다. 나는 재킷 주머니에 손을 푹
찔러 넣었다.

이내 클레어가 미끄럼틀 옆에서 걸음을 멈추고 고개를 돌
렸다.

“어쩜 이렇게 포기해 버릴 수가 있니, 샘.”

나는 주먹을 불끈 쥐었다.

“클레어. 솔직히 말해서, 제대로 된 아버지가 있는 게 아이
한테 더 좋지 않아?”

나는 눈을 가늘게 뜨고 놀이터 너머를 바라보았다. 바람에
날려간 나뭇잎들이 체육관 벽에 쌓이고 있었다.

“누구한테나 엄마가 있어야 되는 거 아냐?”

클레어가 목멘 소리로 말했다.

"너한텐 내가 형편없어 보이겠구나."

"내가…… 뭐 어떻다고?"

"난 에밀리를 데리고 있으니까."

나는 숨을 깊이 들이마셨다. 그러자 입속에, 내 가슴속에 찬 공기가 들어왔다.

"네가 형편없다고 생각 안 해, 클레어. 제마가 형편없다고도 생각하지 않아. 니콜도. 아무도 그렇다고 생각하지 않아. 다들 너무 굉장해. 하지만 난 도저히 너희처럼 못하겠어. 난 너희하고 달라."

"아냐, 다르지 않아. 보면 알아. 넌 맥스를 사랑해. 넌 잘할 수 있어, 샘."

"나는 맥스를 사랑해. 정말로 사랑해……."

나는 잠시 눈을 감았다가, 떴다.

"하지만 그걸로는 부족해. 맥스가, 반드시 이루어 내야 할 목표가 되어서는 안 되잖아."

클레어는 아무 말도 하지 않았다. 고개를 돌리는 것을 보니, 울고 있는 모양이었다. 나는 가만히 앉아 바람에 이리저리 휘날리는 낙엽들을 바라보았다.

"널 좋아했어, 샘."

클레어는 발밑을 보고 조용히 말했다.

"아주 많이."

"알아. 나도 네가 좋아."

클레어가 나를 바라보았다.

"그동안 내가 생각했던 건……."

"알고 있어."

클레어는 고개를 젖히고 구름을 바라보았다. 우리 둘 다 말이 없었다. 이윽고 클레어가 한숨을 쉬었다.

"비가 오겠다. 집에 가서 에밀리 젖도 먹여야 돼."

클레어와 에밀리, 에밀리가 있는 클레어와 맥스가 없는 나. 아픔이, 뜨거운 아픔이 내 가슴을 푹 찔렀다.

우리는 집으로 다시 걸어갔다. 손을 잡지는 않았다. 우리 집 앞길 끝까지 와서 걸음을 멈추었다. 나는 클레어가 무슨 말이든 할 줄 알았다. 그러면 몇 마디 더 옥신각신하겠지 하고. 하지만 클레어는 그저 쓸쓸한 반쪽짜리 웃음을 어설프게 짓기만 했다. 그러고는 돌아서서 걸어가더니, 이내 인도를 따라 달려갔다.

아빠는 거실에 앉아 낚시 잡지를 보고 있었다.

"맥스가 졸아서 침대에 뉘였다. 녀석, 누워서 혼잣말로 중얼거리더군. 너도 그러곤 했지."

아빠 말에 내가 말했다.

"괜찮아요. 그대로 둬도 돼요."

그러고는 텔레비전 쪽으로 걸어갔다.

"클레어는 집에 갔냐?"

나는 고개를 끄덕였다.

아빠가 얼굴을 찡그렸다.

"왜 그래? 무슨 일 있었어, 샘?"

나는 리모컨을 집어 들었다. 그리고 다시 내려놓았다.

"맥스를 입양 보내기로 했어요."

역시 말을 꺼내기가 쉽지 않았다.

나는 물끄러미 아빠를 쳐다보았다. 아빠가 들고 있던 잡지가 탁자 위에 탁 하고 떨어졌다.

"뭐라고? 지금? 지금 막 그러기로 했단 거냐?"

나는 고개를 저었다.

"아뇨. 아녜요…… 줄곧 생각하고 있었어요."

나도 정확히 언제 결심했는지 알 수 없었다.

"계속 생각하고 있었어요, 아빠가 옳았다고. 처음부터."

그러자 갑자기 아무런 예고도 없이, 눈이 따끔거리지도 않고 가슴이 뻐근하지도 않았는데, 눈물이 왈칵 쏟아졌다. 나는 소리 내어 꺽꺽 흐느껴 울었고, 애써 울음을 그치려 할수록 소리가 더욱더 커졌다.

나는 돌아서서 창문을 바라보며 울음을 그치려고, 마음을 다잡아 보려고 했다.

아빠가 의자를 끼익 미는 소리가 났다. 곧이어 아빠가 나에게 팔을 두르고 아빠 쪽을 보게 하더니, 내 어깨를 꽉 끌어안으며 가만히 등을 토닥여 주었다. 나는 더욱더 울음이 터져 나와, 온몸을 들썩이며 엉엉 소리 내어 울었다.

한참 만에야 나는 간신히 뒤로 물러났다. 그러고는 흐윽하고 떨리는 숨을 내쉬었다.

"어젯밤 일 때문이 아녜요."

"알아."

"맥스가 이것저것 사 달라고 할 거라서도 아녜요. 신발이나 하키 장비나 또……."

맥스가 갖고 싶어 할지도 모르는 것들이 다 생각나지가 않았다. 나는 다시 후우 숨을 쉬었다.

"나 때문에 그러는 것도 아녜요…… 대학에 가겠다거나…… 결혼을 하겠다거나 해서가 아녜요."

고개를 들어 보니 아빠 얼굴이 뿌옇게 보였다.

"하지만 나는 평생 결혼 못해요. 다른 아이를 낳을 수도 없고요."

"알고 있어."

나는 기침을 하며 팔짱을 꼈다. 정신 차려, 샘. 그만 징징거려.

"그래서, 아무튼, 나는…… 내 생각엔……."

나는 다시 기침을 하며 팔에 힘을 주었다.

"진 고모가 맥스를 많이 좋아하니까요."

"아, 그래."

아빠가 자세를 바꾸었다.

"사실은 말이다, 샘, 전에……."

아빠가 턱을 문질렀다.

"맥스가 처음 왔을 때, 고모하고 얘기를 좀 했어. 그리고, 음, 고모부는 쉰여덟이고, 고모는 3월이면 쉰여섯이란다."

나는 고개를 끄덕였다.

"몰랐어요."

아빠도 고개를 끄덕였다.

"두 사람한텐…… 아기라든가 그런 게……."

나는 다시 고개를 끄덕였다.

"이해해요."

나는 흔들림 없이, 애써 담담한 목소리로 말했다. 어쩌면 쉬운 길이 있을지도 모른다고 생각했다. 맥스에게 제일 좋은 사촌 형이 되어 줄 수 있을지도 모른다고. 샘 형. 실망과 고통과 공포가 내 온몸을 타고 흘렀다.

"그래서 말이지,"

아빠는 리모컨을 집었다가 다시 내려놓았다.

"기관이 있단다. 진 고모가 교회 목사님한테 얘기를 했어.

네가 그 사실을 처음 알았을 때 말이다. 그래서 목사님이 고모한테 이 기관을 알려 줬지."

나는 아픔에 목이 메고 말문이 막혀서 그저 고개를 끄덕이는 것 말고는 아무것도 할 수 없었다.

아빠가 다시 나를 안아 주었다.

바람에 창문이 덜걱거렸다. 지하실에서 보일러가 딱딱 소리를 내고 있었다. 잠시 맥스가 침대에서 보채는 소리가 들렸다.

나는 나지막이 물었다.

"과연 내가 옳은 일을 하는 걸까요?"

아빠가 한숨을 쉬었다.

"샘. 나도 뭐라고 말해 줘야 하는지 알았으면 좋겠구나. 줄곧 그랬단다, 너한테 뭐라고 말해 줘야 하는지 알았으면 좋겠다고."

맥스가 힝 하고 칭얼대더니, 이번에는 빽 소리를 질렀다.

"가 봐야겠어요."

맥스는 몸을 일으켜 침대 난간을 붙들고 서 있었다. 녀석은 내가 문간에 있는 것을 보고 "바!" 하고 소리쳤다.

"바! 바!"

나도 "바! 바!" 하고 되받아 소리쳤다. 나는 방을 둘러보며 아기 침대가, 기저귀 가방이, 계획표가, 안전 의자가, 맥스가 없다고 상상해 보았다. 그리고 그 생각들은 더 이상 머릿속에 머물러 있지 않았다.

"바!"

맥스가 다시 소리쳤다.

나는 맥스를 안고 거실로 데려갔다. 아빠는 아직도 창가에서 주머니에 손을 찔러 넣은 채 구부정하게 서 있었다.

내가 물었다.

"지금 전화하면 고모가 집에 있을까요? 입양 기관에 대해 물어보려고요."

"아마 있을 거다."

아빠가 팔을 내밀었다.

"내가 안고 있을까?"

"괜찮아요."

아빠는 고개를 끄덕였다.

"샘. 어떻게 되든, 결국엔 다 잘 될 거야."

"알아요."

나는 맥스를 바싹 끌어안고는, 천장을 올려다보았다. 엄마가 내 생일 때 거기 붙여 놓은 별들을. 나는 맥스의 엄마도 이런 생각을 해 주기를 간절히 바랐다.

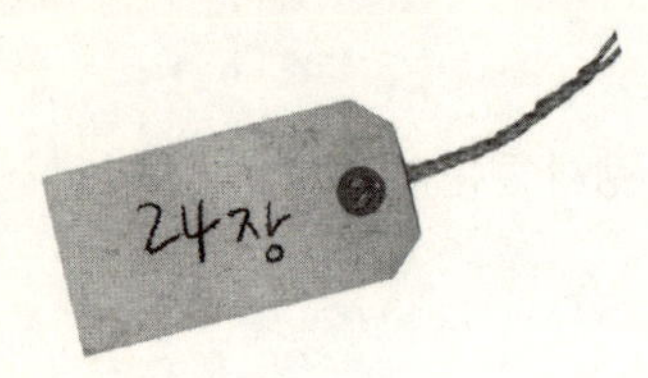

한창 일을 하고 있는데 전화가 걸려왔다.

"샘 페티그루입니다."

나는 케플러 유도 장치의 버그를 찾느라 하루 반나절 동안 예전 코드를 다시 보고 있던 터라 금방 적응하지 못하고 잠시 뒤에야 상대방이 무슨 말을 하는지 깨달았다.

"네?"

나는 생각보다 말이 날카롭게 튀어나왔다.

상대방은 같은 말을 되풀이했다. 그러고는 조용해졌다. 우리는 둘 다 가만히 있었다.

나는 Esc 키를 눌렀다. "너, 이 번호 어떻게 알았니?"라는 말밖에 생각나지 않았다.

"아저씨 아버지한테서요."

나는 손으로 머리를 감싸 쥐었다. 결국 우리는 토요일이 괜찮겠다고 했다. 이번 토요일이 좋겠다고.

나는 거의 아침 내내 이 방 저 방 왔다 갔다 하기만 했다. 도저히 한 자리에 가만히 앉아 있거나 뭔가에 집중할 수가 없었다.

부엌 식탁에 앉아 식은 커피 잔을 뚫어지게 보고 있자니 사라가 들어왔다. 사라가 내 어깨에 가볍게 손을 얹었다.

"애들 데리고 아버님 댁에 가려고."

"그래."

"아버님이 옛날에 당신이 쓰던 낡은 바지 장화를 애비한테 신겨 볼까 하시던데."

나는 후후 소리 내어 웃고는 사라의 얼굴을 올려다보았다.

"아버지한테 애비는 이제 겨우 다섯 살이라고 말씀드려."

사라가 내 어깨를 꼭 쥐었다. 그러고는 몸을 수그리고 내 얼굴에 얼굴을 갖다 댔다. 사라가 속삭였다.

"그 애가 당신 좋아할 거야, 샘. 너무 걱정하지 마."

내가 고개를 끄덕이자 사라는 내 얼굴을 돌려 입술에 부드럽게 입을 맞추었다.

나는 밖으로 나가 애비와 메그가 자동차 뒤 창문으로 손을 흔들며 떠나는 모습을 지켜보았다. 날씨가 좋다. 벌써 잔디 깎을 때가 다 되었다. 나는 차고로 가서 우리가 쌓아 놓은 고물들을 바라보며 우두커니 서 있었다. 이 차고도 깨끗이 치워야 한다.

하지만 나는 낚시 도구를 꺼내 잔디밭에 펼쳐 놓았다. 그리고 릴과 낚싯줄과 낚싯대를 점검했다.

이윽고 집 앞에 차 한 대가 멈춰 섰다. 중고 볼보. 좋은 차다. 안전한 차.

한 아이가 내린다.

열여덟 살. 지난 11월에 열여덟 살이 되었다.

아이가 길을 따라 걸어오고 있다. 키가 크고 조금 말랐다. 어깨가 넓다. 어쩌면 미식축구를 하는지도. 아니면 하키를 하는지도. 브리타니를 닮은 크고 푸른 눈. 금발. 곱슬머리. 내가 낚싯대를 내려놓자 아이가 싱긋 웃는다.

"안녕하세요."

그리고 나에게 손을 내밀었다.

"저, 맥스예요."

NEARING TO OH z, w wik
Z₁ = R₁/1
BORN
ON TO MAX
NEARING TO
Z₁ = R₁/1
FOR LOW
FREQUENCIES
STUD CARD
12
6
NEARING TO OH z, w wik
FOR LOW
FREQUENCIES
Z₁ = R₁/1
B.F.L.

　이 책을 쓴 마거릿 비처드는 어린 시절 곧잘 동화 속의 주인공이 되는 상상을 할 만큼 책에 푹 빠져 살았다고 한다. 어린 비처드는 자연히 이야기를 쓰는 일에 매력을 느꼈고, 어른이 된 뒤 작가의 꿈을 이루기 위해 한동안 소설을 습작했다. 그러다 아이들을 낳고 어린이책을 접하면서 자신이 이야기 속에서 내고자 하는 목소리는 어른의 것이 아니라 십대 청소년의 것이었음을 깨닫고 청소년 문학으로 방향을 돌렸다.

　비처드가 보는 청소년은 항상 '배우고, 발견하고, 실험하는' 존재들로서, 진지하면서도 역동적이며 건강하고 따뜻한 유머를 지닌 사람들이다. 비처드는 이러한 청소년들의 일상적인 모습과 그들의 목소리를 작품으로 형상화시켜 왔는데, 《언니와 과학 보고서 *My Sister, My Science Report*》(1990), 《진짜 별거 아냐 *Really No Big Deal*》(1994) 같은 초기 작품에서는 주로 십대 초반의 아이들이 일상에서 겪는 크고 작은 문제들을 다루었다. 그러다 십대 후반 아이들의 이야기를 본격적으로 쓰기 시작하면서 좀 더 민감하고 특수한 소재들을 다루기 시작했는데, 첫 번째 작품인 《죽을 만큼 힘들지 않다면 *If It Doesn't Kill You*》(1999)에서는 동성애자를 바라보는 편견을, 두 번째 작품인 《열일곱 살 아빠》(2002)에서는 한창

성장해야 할 나이에 부모가 된 아이의 버거움과 곤혹스러움을 이야기하고 있다.

이러한 소재들은 언뜻 보기에 아주 자극적이고 호기심 어린 시선을 받기 쉽지만, 작가가 이 특이한 소재와 사회적으로 소수자의 입장에 처한 주인공을 통해 풀어 나가는 이야기는 뜻밖에도 담백하기 그지없다.

《열일곱 살 아빠》만 해도 그렇다. 주인공 샘은 어디에나 있을 법한 평범한 고등학생으로 어릴 때부터 함께한 단짝 친구가 있고, 미식축구와 컴퓨터를 좋아하며, 여자 친구를 사귀어 꿈같은 나날을 보내기도 한다. 하지만 뜻하지 않은 일로 샘의 삶은 완전히 바뀌게 된다. 여자 친구가 임신을 한 것이다. 여기서 작가는 '십대의 임신'이라는 다소 자극적인 소재를 하나의 '사실'로서, 우리 인생에서 겪는 수많은 일들 가운데 하나로 바라보면서, 주인공의 일상을 통해 그 사건이 주인공에게 어떤 변화를 불러왔는지 담담하게 이야기한다.

여자 친구네 가족은 태어난 아기를 입양 보내려고 하지만, 샘은 병원에서 아기를 처음 만난 순간부터 자기가 아기를 놓아줄 수 없다는 것을 안다. 결국 샘은 열일곱이란 나이에 혼자서 아기를 키우겠다고 결정한다. 하지만 모든 청소년이 그렇듯 샘도 아직 부모의 보살핌이 필요한 나이다. 그 나이에 한 아이를, 그것도 갓난아이를 책임진다는 것이 얼마나 고단

한 일인가. 샘은 맥스를 얻는 대신 많은 것들을 잃을 수밖에 없었다. 아기를 돌보려면 자신의 시간과 노력을 쏟아야 하므로, 이제껏 누려 온 일상을 전과 같이 누릴 수 없게 된다. 샘은 다니던 학교를 그만두고 친구들과도 점점 멀어진다. 예전 같았으면 운동이나 공부, 오로지 자기만을 위해 썼을 시간은 몽땅 맥스를 돌보는 시간으로 바뀌어 버렸다. 여느 아이들이 대학 입시 공부를 할 때 샘은 육아책을 읽어야 했고, 여느 아이들이 친구들과 놀러 다닐 때 샘은 기저귀를 갈고 젖병을 씻어야 했다. 샘은 맥스를 돌보느라 늘 고단하고 잠이 부족했다. 심지어 컴퓨터 엔지니어가 되겠다는 꿈도 버리고 맥스의 양육비를 벌기 위해 졸업하면 곧바로 공사판에 뛰어들 결심까지 했다.

작가의 시선이 돋보이는 것은 바로 이러한 지점들이다. 작가는 여기서 일반적인 어른들의 시선—언제 어디서나 훈계하고 싶어하는—을 전면 배제한다. 작가에게 중요한 것은 지금 아이를 키워야 하는 절박한 상황에 놓인 샘의 처지와 생활과 그 생활을 꾸려 가는 힘이다. 작가는 결코 "왜 임신을 했느냐, 아이를 키우려니 얼마나 힘드냐."고 추궁하지 않는다. 중요한 것은 그것이 이미 일어난 일이며, 그리고 굉장히 커다란 일이, 한 아이에게 평생 동안 영향을 미칠 일이 일어났음을 인식하는 것이다.

샘은 십대 아빠라는 특이하고도 곤혹스러운 상황에 놓여 있지만, 여전히 올바른 일을 하려고 최선을 다하는 평범한 아이이며, 십대다운 건강한 웃음을 잃지 않고 있다. 그러나 현실의 무게가 무게이니만큼, 샘 스스로 때로는 우스꽝스럽게, 때로는 냉소적으로 자신의 처지를 평가한다. 아기를 돌보느라 잠도 제대로 자지 못하는 고단함을 "맥스가 있으면 자명종이 필요 없"다는 말로 대신하거나, 자기처럼 주위의 호기심 어린 시선을 받는 십대 부모들의 처지를 "십대 성관계의 위험을 보여 주는 본보기"라고 하며 웃어넘기기도 한다. 그리고 아무렇지도 않게 던지는 이 유머러스한 말 속에는 샘이 겪는 어려움과, 그 어려움을 별것 아닌 것으로 취급하면서 스스로를 다독이려는 샘의 노력이 동시에 드러나 있다.

작가는 그러한 샘의 시선을 따라가면서 평범한 아이가 평범하지 않은 문제에 부딪혀 나름의 방식으로 고민하고 대처해 나가는 이야기를 자연스럽고 현실적으로 그려 냈다. '작가의 주관적인 가치 평가'를 극단적으로 배제하고 특별한 상황에 처한 한 존재의 이야기를 담담하게 다룬 이러한 시선 덕분에, 이 책은 '십대의 임신'이라는 논쟁적인 소재에 묻히지 않고 주인공 샘의 이야기로 온전히 설 수 있었다. 열일곱 살의 나이에 아이 아빠가 된 샘은 작가의 견해를 밝히기 위해 세워 놓은 허수아비도 아니며, '십대의 임신'에 대한 비

판적 또는 경박한 호기심으로 그득한 시선의 대상도 아니다. 샘은 열일곱의 나이에 한 아이를 책임지게 된 존재이며, 그 상황을 견뎌 내야 할 존재이다. 그러므로 샘은 자신의 이야기의 당당한 주인공으로서 생각하고, 행동하고, 갈등하며, 결정한다.

샘은 좋은 아버지가 되고 싶었고, 자기의 미래를 포기하고 싶지도 않았다. 하지만 시간이 지날수록 의문이 들고 갈등이 생겼다. 과연 지금 바른 길을 가고 있는 걸까?

내가 맥스를 제대로 키울 수 있을까?

이제 샘이 생각하고 책임져야 할 것은 샘 자신만이 아니다. 자신의 삶만큼이나 맥스의 삶도 중요하기 때문이다. 샘은 맥스를 이 세상에 오게 한 '아버지'이다.

그러나 이제껏 맥스를 기르며 자신의 삶에 충실해 왔듯이, 샘이 어떤 결정을 내리더라도 샘의 삶은 어제와 같이 또 건강하게 이어져 나갈 것이다. 그것은 작가 자신이 작품에서 클레어 엄마의 입을 빌어 말하듯, 삶이란 어느 한 순간의 큰 사건으로 변하지 않기 때문이다. 삶은 "작은 일들이 숱하게 모여 있는" 것, "하루하루의 일이 천천히 더해지는" 것이다. 때로는 감당하기 어려운 일을 겪고 삶이 자신의 뜻과 다르게 흘러가는 것 같아도 그것으로 끝이 아니며, 작은 선택과 결정으로도 인생은 지속되고 바뀔 수 있다. 샘에게는 평범한

일상을 보내던 과거도, 맥스를 기르며 고민하는 현재도 모두
버릴 수 없는 인생의 연속이다. 어쩌면 비처드는 이 평범한
진리를 더 깊이 있게 전하기 위해, '십대의 임신'이라는 고
통스러운 이야기를 우리에게 들이민 것인지도 모르겠다.

햇살과나무꾼